S'échapper

De la même auteure

La solitude des enfants sages, Éd. La Cheminante, 2017

Éditions Favre SA
29, rue de Bourg – CH-1003 Lausanne
Tél. : +41 (0)21 312 17 17
lausanne@editionsfavre.com
www.editionsfavre.com

Groupe Libella, Paris

Dépôt légal en Suisse en mars 2023.

Photo de couverture : © Claude Dussez, tiré de l'album *Lost*, éd. Favre, 2019
Mise en pages intérieure : Aline Lehmann

ISBN : 978-2-8289-2073-9

Les Éditions Favre bénéficient d'un soutien structurel de l'Office fédéral de la culture pour les années 2021-2024.

Martine Duquesne

S'échapper

FAVRE

Pour Christine

« Nel mezzo del cammin di nostra vita
mi ritrovai per una selva oscura
ché la diritta via era smarrita.

Au milieu du chemin de notre vie
je me retrouvai par une forêt obscure
où la voie droite était perdue. »

Dante Alighieri, La Divine Comédie, *L'enfer*, chant 1.

« Nous portons perpétuellement en nous le passé,
continent invisible et mystérieux qui affleure parfois,
quelque part entre sommeil et veille. »

Jón Kalman Stefánsson, *Ton absence n'est que ténèbres*.

I

This is the end, beautiful friend.

This is the end, my only friend, the end.

Deux heures que je suis assis à la terrasse de la brasserie l'Espace. La chanson des Doors navigue en boucle dans le double fond de mon cerveau. On faisait l'amour sur l'album, que j'avais fait découvrir à Lina. Elle était tombée sous le charme de Jim Morrison, dont l'âme tourmentée et le personnage d'ange déchu la fascinaient. Ça m'amusait. Du coin de l'œil, je vois le serveur avec son tablier noir noué autour de la taille comme un sari me tourner autour. Le bouillon trouble de ma bière me renvoie des flashs. Ils s'empilent dans le désordre. Sa nuque fine et sensuelle, ses seins roses, le diagnostic, la littérature, notre amour, son rire de gamine, la descente aux enfers, son regard tourné vers l'intérieur sur la fin.

Ai-je tout fait pour la sauver ?

La question revient sans relâche. Faire son possible, comme s'il existait un seuil… J'ai longtemps cru qu'avec le temps, les remords s'estomperaient. Mais non, c'est faux, le temps passe et rien ne s'arrange. On ne se défait pas de son passé, c'est lui qui vous défait. Il devient un fantôme enragé, qui veut non seulement vivre mais exister et occuper une place dans le tableau final. Vous aimeriez tourner la page, oublier, rien à faire, il est là à cogner comme un poing sur la porte fermée de votre cerveau, à l'endroit de la déchirure.

Continuer à vivre comme si rien n'avait changé. Comme si elle était toujours là. Des jours interminables, des nuits interminables ont passé.
C'est insupportable.

Mardi dernier, chez mon médecin, les choses ont pris un tour inattendu. Les questions sur mon appétit et mon sommeil de survivant, l'ordonnance à rallonge, je m'y attendais mais à la fin de l'entretien, le docteur T. a planté son regard dans le mien, et porté l'estocade, Vous n'allez pas vous en sortir seul, il faut aller voir quelqu'un. Il a noté les coordonnées d'un confrère psychiatre sur un post-it jaune. Ne tardez pas trop, a-t-il ajouté au moment où je glissais ma carte vitale dans le boîtier. Puis, il a parlé de l'importance de se reconstruire. J'ai fourré le post-it en boule dans la poche de ma veste en quittant le cabinet. Se reconstruire n'était pas vraiment à l'ordre du jour. L'objectif dans l'immédiat était de tenir debout, résister aux idées noires, ne pas basculer. Quelque chose d'affreusement atone s'était installé en moi.

Bougez, m'avait-il conseillé, il faut être en mouvement. Je quitte le café. L'homme en sari s'empresse de débarrasser ma table. En traversant la place Bellecour en direction des Terreaux, j'essaye d'adopter un pas vif en dépit de mes jambes lestées au plomb, comme si j'allais quelque part. Comme si quelqu'un m'attendait. J'avance vers la statue de Louis XIV, chevauchant fièrement son destrier, au centre de la place. Sans selle et sans étriers, le monarque plein de morgue semble me toiser. Sur le socle de la statue d'un bronze gris verdâtre, des fissures forment des toiles d'araignées tentaculaires, qui courent à l'infini comme des veines sclérosées.

J'entends l'autre brailler dans mes oreilles, *T'as pas fini de broyer du noir, change de disque.* J'ai un locataire installé dans ma tête, un jumeau qui me fait la morale et me houspille sans ménagement. Je n'en ai pas parlé à mon médecin de peur de finir sous camisole chimique. On a tous ses petits secrets.

Une thérapie, l'idée ne m'emballe pas.
Du peu que mon ami, Jean-François, m'en a dit, du bout des lèvres, pour ne pas trahir, l'analyse l'avait salement secoué. Il ne m'avait pas décrit son thérapeute mais j'avais eu la vision d'un gourou, habile manipulateur, occupé à l'observer en silence creuser au fond de la mine, en bredouillant jusqu'à l'idiotie. Peu à peu, son psy était devenu à ses yeux un mentor extraordinaire, un prêtre, et son ami le plus proche. De loin, je l'avais vu mettre le doigt dans l'engrenage et glisser vers l'emprise mortifère.

J'ai dû faire un mouvement brusque comme un chien qui s'ébroue au moment où je dépassais la statue. Une femme m'a regardé bizarrement. Pas de thérapie, pas maintenant. Trancher m'a donné l'impression fugace de reprendre le contrôle. Je veux contenir le chagrin, en attendant d'être en état pour pouvoir affronter les souvenirs, les remords, le voile gris de la honte. En pensant au carnet de Lina rangé dans l'armoire que je n'ai pas encore eu le courage d'ouvrir, mon cerveau se met en route tout seul. Comme un mécanisme qu'on viendrait d'actionner, il remonte le temps vers les origines de l'histoire, le tout début, en l'occurrence ce moment où Lina et moi, on ne se doutait de rien. Il y avait bien une petite lézarde dans le mur, pas très profonde, on pensait être assez forts pour la colmater.
Toujours cru qu'on s'en sortirait à deux.

Je prends la rue Edouard Herriot. La chanson des Doors bourdonne toujours dans mon cerveau. L'impression d'avancer à deux à l'heure, les genoux douloureux, la tête pleine de grésil. Les piétons flânent ou font la queue devant les vitrines des magasins de luxe. Vuitton. Chanel. Breitling. La ville bruisse, légère et trépidante.

On avait l'habitude de marcher dans la Presqu'île, le long de la rue de la République jusqu'à la Place des Jacobins dans la foule du samedi après-midi. On allait prendre un chocolat chaud au *Bar Américain,* avant qu'il ne soit pompeusement rebaptisé *L'Institution.* On parlait de tout et de rien. Le bonheur se raconte mal, il est fait de petits moments inconsistants, presque imperceptibles mais qui prennent de l'épaisseur et du sens une fois qu'ils ont disparu.

Je me traîne le long des boutiques et des portes moulurées, qui donnent accès à des cours intérieures. Secrètes. Insoupçonnées.

Je songe à mon intérieur glauque.

I'll never look into your eyes again.

La voix ne mâche pas ses mots, *Si t'arrêtais de ruminer, ça nous ferait des vacances.*

L'origine de l'histoire. On était en novembre. Le 13. Quand je repense aujourd'hui à cette satanée soirée, où tout a dérapé, j'ai l'impression que c'était la vie d'un autre type. On vivait depuis deux ans dans un appartement en banlieue nord de Lyon, modeste, trop petit, encombré – les bibliothèques croulaient sous les livres – mais il nous plaisait

bien. Si je fais un effort, je vois Lina, allongée sur le canapé, pâle et absente. Sur France 3 passe une émission en hommage à Henri Salvador. Moi, je corrige des copies dans le coin salle à manger. À la bourre comme toujours.
Brusquement, l'émission s'arrête.
Lina s'assied sur le canapé, C'est quoi ce délire ?
Je lève les yeux. Sur l'écran, un Google Maps fixe du quartier du Marais. En bas, le bandeau *Édition Spéciale : Fusillades en terrasses*. Francis Letellier annonce que les programmes sont bouleversés à cause d'événements graves, qui se déroulent à Paris.
Lina attrape la télécommande, zappe sur BFM, LCI.
Comme un bègue, je répète, Putain… putain… putain.

Le souvenir a un goût de métal alors que je continue à arpenter la ville indifférente. Un SUV attend au feu rouge, fenêtres ouvertes. Les basses pulsent en cadence. Rihanna à plein volume. Le conducteur tambourine avec ses doigts sur le volant, et redémarre en faisant crisser ses pneus. Le bruit assourdi meurt dans le lointain, englouti.

La suite c'est Francis continuant à lire les dépêches qu'on lui glissait entre les mains. Le Stade de France. La Belle Équipe, Le Carillon. L'effroi. Je me souviens m'être demandé comment il pouvait rester aussi calme en de telles circonstances.

Sandrine, une amie de Lina, nous a téléphoné depuis la Seine-Saint-Denis. Survoltée, elle parlait fort, s'inquiétait pour des amis en panique, qui ne savaient pas où aller.
Elle a mentionné une vidéo amateur tournée par les habitants de l'immeuble voisin de la sortie de secours du Bataclan, T'as vu ce mec traîné par le bras sur la chaussée, la trace de sang… c'est affreux… et la fille cramponnée à la fenêtre de l'étage…
Lina lui a dit d'arrêter. L'appel a été écourté.
La sueur s'était mise à ruisseler dans mon dos quand elles avaient évoqué le Bataclan.

J'avais vu la vidéo.
Lina s'est insurgée, voix étranglée, Des jeunes qui crèvent dans la fosse d'une salle de spectacle, j'y crois pas, c'est ça le monde, sérieux, c'est ça le monde ?
Quand je suis venu m'asseoir sur le canapé à côté d'elle, avec l'intention de trouver des mots réconfortants – c'est quand même un peu mon domaine, les mots – mon cerveau a été incapable de trouver une formule apaisante. Comme anesthésié. Tétanisé par l'autre drame en gestation, celui dont on ne parle plus, elle et moi, depuis des semaines tellement il nous effraye.

Je longe le Grand Café des Négociants. Le repaire de la jet-set lyonnaise était notre cantine du mercredi. Elle quittait son bureau vers la Bourse, et on se retrouvait pour déjeuner. Moments de petits bonheurs furtifs, intenses, précieux.
La ville, les rues de la ville. La chasse à l'homme dans les rues de Paris. L'horreur de cette nuit de novembre filtrait dans les témoignages des passants interviewés. Letellier a annoncé le nombre de morts en précisant que ce n'était que provisoire.
Le mot, je m'en souviens, m'a fait sursauter. *Provisoire,* ça résumait assez bien notre nouvelle vie. Une vie entre parenthèses, en suspens au-dessus du vide.
Plus vraiment la vie, plutôt du sursis.
Lina, murée dans le silence, refusait de parler de la maladie, les lèvres scellées comme si elle ne voulait pas lui accorder la moindre réalité, une quelconque place dans notre vie.

Il s'est passé quelque chose à la fin de la soirée. Un micro événement, je ne sais pas pourquoi j'y pense là, en dépassant l'imposant bâtiment de la Bourse aux tourelles hautaines. Lina zappait de chaîne en chaîne, happée par les images en boucle. Sans me regarder, elle a dit, Max si ça t'embête pas, je vais rester, je n'arriverai pas à dormir de toute façon, Va te coucher, j'arrive dans cinq minutes.

Mon cœur s'est arrêté, comme flambé au chalumeau.

Brusquement, je me suis demandé si je n'allais pas être un fardeau pour elle, un boulet, le contraire du conjoint aimant et solide qui accompagne, insuffle l'espoir, et réconforte sans peser. Plutôt un type lourd et inutile comme ces encombrants qu'on dépose sur le trottoir en douce au milieu de la nuit.

Je crois qu'elle a su dès le départ que je n'aurais pas l'étoffe.

Un SDF est assis devant le bureau de tabac du passage de l'Argue. Il est vêtu d'un poncho immonde, le visage tanné et grêlé, et me fixe du regard, en me tendant son gobelet en plastique. Lina lui aurait donné une pièce. Son cœur plus grand que le mien.
Pas l'étoffe, pas la trempe, voilà c'est dit.

Au matin, on a pris connaissance de l'hécatombe. Plus de 82 morts, 674 blessés. Je revois Lina, assise à la table de la cuisine, tournant mollement sa cuillère dans son bol de café. Ses lèvres étaient agitées de tremblements.
Moi, comme d'habitude, je faisais du bruit, je brassais de l'air, le café, le pain grillé, les conseils à la pelle comme ma mère, Mange un peu, il faut que tu prennes des forces. Ça l'énervait déjà.
En sourdine, l'angoisse me grignotait le cœur.
Personne pour en parler.
Alors, dans le doute, je me suis mis à prier. Dès le réveil, n'importe où, des prières, des supplications silencieuses et secrètes.
Faites qu'elle vive, donnez-lui la force. Je vous en supplie.
Je terminais par un *Amen* plein d'espoir, vieux souvenir d'enfance. Dans le secret du confessionnal, le père Talloire, dont la soutane empestait la sueur et le graillon, donnait, à travers le grillage, au gamin peureux de douze ans que j'étais des kyrielles d'Ave Maria. Je les comptais sur mes doigts, à genoux sur le prie-Dieu.

Devant le cinéma UGC Terreaux, un couple s'embrasse à l'abri de la porte cochère. Ils s'étreignent, tremblants, émus, maladroits. Le premier baiser avec Lina... la soirée chez Philippe... la certitude céleste d'un avenir ensemble. Elle me regardait avec une intensité, une douceur folle. Même si je n'en laissais rien paraître, ça m'émouvait jusqu'au fond du cœur.

On venait de se rencontrer dans la cuisine de l'appartement en collocation qu'elle occupait à l'époque. J'avais accompagné mon ami Philippe, qui venait voir sa copine, une certaine Marie-Flore, en quatrième année de médecine. J'avais soif, j'étais allé dans la cuisine.
Elle était là, debout devant la fenêtre. Son profil se dessinait dans la lumière dorée du crépuscule. J'ai eu comme un éblouissement. Ensuite, on a fait connaissance autour d'une tisane. Elle a dit, C'est tout ce qu'il me reste, c'est la dèche ! J'ai fait une blague pour la faire rire mais j'étais aimanté par son visage tendre et mélancolique. Sa chevelure d'un noir profond aux reflets bleu métallique. Dans le fond de ses pupilles flottait comme une tristesse inconsolable et mystérieuse, dont j'ai longtemps cherché l'origine. C'est bien ça l'amour, je l'ai découvert par la suite, cette quête un peu folle de la partie irréductible de l'autre, que lui-même ignore souvent, et qu'on ne parvient jamais tout à fait à atteindre.

Peu de temps après notre rencontre, on s'est installés ensemble.

C'était dans l'ordre des choses.

J'étais ébloui par son esprit vif-argent, son intelligence, sa force. Rien ne lui faisait peur. Ma froideur, mon côté vieil ermite révolté ne l'ont pas rebutée. Je me disais, Ça ne va pas tenir et pourtant, très vite, on a cherché un appartement. Elle est devenue ma muse, ma reine. À ses côtés, j'avais le sentiment de vivre la vraie vie, brûlante de tout ce que je crevais de vivre, et persuadé de ne jamais y parvenir. Mon côté marginal la séduisait, elle aimait ma sagesse désabusée, qui lui faisait penser à André Gide.

Gide ou pas, à cinquante-deux ans, après des années d'errances sentimentales, j'avais pratiquement renoncé à toute vie amoureuse. J'allais tranquillement atteindre l'andropause, m'inscrire à l'Université pour Tous, vivre au ralenti pour m'économiser en croyant retarder l'échéance. Je me disais, Il ne faut plus rien prévoir, ne rien attendre, se laisser glisser sans résister.
Dans son roman *Voyage au bout de la nuit,* Céline parle de la musique que l'on a en soi pour faire danser la vie. Avec l'âge, je ne faisais plus danser grand-chose. Je vivotais. Je vieillissais à toute allure.

À l'époque j'étais agrégé de Lettres mais au fil des années, j'avais perdu le feu sacré. Déçu par le métier, j'enseignais mollement, et bien évidemment c'était le bordel dans mes classes. Dès le début, j'ai évité d'en parler à Lina pour ne pas écorner mon auréole. Et ensuite, l'engrenage du mensonge. En rentrant le soir du collège, je me plaignais des difficultés de la profession, dressant un écran de fumée salutaire.
— Quand je pense à tous les efforts, les sacrifices pour passer le concours, les week-ends à bosser, le grec ancien, tout ça pour atterrir dans un collège de banlieue avec des élèves qui se fichent totalement du français.
Elle, impériale, se hissait sur la pointe des pieds pour m'embrasser et me rappelait mes convictions.

— Calme-toi, mon amour, c'est toi qui as voulu rester dans ce collège en ZEP pour remplir ta mission. Souviens-toi. Il ne faut jamais renier les objectifs qu'on s'est fixés.

Elle avait fait un choix professionnel calamiteux. Après avoir passé un DESS de comptabilité, elle avait obtenu un poste d'expert-comptable chez l'assureur AXA, dans une agence du centre-ville, mais avait rapidement fait le tour d'un métier répétitif et assommant au possible : calculs d'amortissements, comptes annuels, budgets à finaliser, tableaux, diagrammes, des chiffres, des chiffres jusqu'à l'overdose.

Très vite pourtant, j'ai compris qu'elle s'accommodait de cette situation car, en elle, brûlait une passion sans bornes pour la littérature. Les écrivains. Les livres. Les librairies. Les bibliothèques. Les blogs sur Instagram. France Culture. Les mots. L'écriture.

Elle citait ses auteurs préférés, me rappelait, les dimanches soir de profonde déprime, la phrase de Camus : *« Au milieu de l'hiver, j'ai découvert en moi un invincible été. »*

Je l'écoutais, fasciné par la ferveur de croisé dans ses yeux.

Elle était intarissable. Parfois, ça me faisait peur.

Au sommet de son panthéon littéraire trônait Marguerite Duras, qu'elle vénérait par-dessus tout.

Quatre années merveilleuses.

On a engrangé du bonheur, des jours de joie et de soleil, et finalement on n'a pas eu à subir l'usure du couple. C'est un peu cynique, mon seul rempart contre le désespoir.

Un jour, le bonheur s'est arrêté net.

Personne n'est jamais préparé, encore moins quand on a trente ans. Au début, on s'est dit que ce n'était pas possible. Sûrement une erreur de nom dans les comptes rendus d'examens. Un homonyme. On allait sortir la tête de l'eau. La période était atroce. La traque continuait. Le pays retenait son souffle. Les témoignages se succédaient dans les médias,

et vous plombaient le moral pour la journée. Le roman d'Hemingway était devenu le symbole de la résistance à la barbarie, on se l'arrachait. Ils rééditaient.
Lina répétait en boucle, Qu'avons-nous fait pour mériter ça ? Je ne savais jamais si elle parlait de sa maladie ou des attentats. Rapidement, j'ai compris que les deux événements se télescopaient dans sa tête.
Moi, je pensais que la vie nous avait réservé un chien de sa chienne pour tester notre amour.

La place des Terreaux s'étale comme un tapis gris, encadré par les immeubles modestes des pentes de la Croix-Rousse d'un côté et le musée des Beaux-Arts de l'autre. D'habitude, les façades du musée scintillent sous le soleil, légèrement bleutées ou mauves. Aujourd'hui, tout a changé. Essoufflé, les jambes en coton, je ne vois que des ombres ternes, éreintées, qui rampent sur le sol.
Le musée…
Ça me revient. L'exposition sur les Préraphaélites. On s'en faisait une telle joie. Son dos la faisait souffrir, j'ai dû l'aider à monter les escaliers vers la caisse. Au milieu de la visite, elle a dit, Désolée Max, je crois qu'il faut rentrer. J'ai vu ses yeux plissés par la douleur, et en la prenant par le bras pour l'aider à marcher, j'ai respiré son parfum, *L'Heure bleue* de Guerlain. Une odeur de sous-bois en automne. En sortant, elle a prononcé cette phrase prémonitoire, C'est fabuleux d'être un artiste et de laisser une œuvre derrière soi, la trace de son passage sur terre.
Je crois qu'elle commençait à penser à la fin.

Les nuages spongieux s'effilochent à l'aplomb des façades moulurées des immeubles haussmanniens. Ils estompent les formes et liment les reliefs des statues et des balcons. Le ciel semble s'être affaissé d'un cran ou deux, un peu comme s'il prenait la ville en otage.

En clopinant vers la bouche de métro, je revois le carnet rouge, que j'ai remisé au fond de l'armoire. Palimpseste posthume. Testament d'amour. Le journal de son combat.

La sirène retentit. Je cours – impression atroce de faire du surplace – saute dans la rame et m'effondre sur le strapontin le plus proche. En face de moi, une jeune fille blonde, absorbée par l'écran de son portable, pianote sur son clavier de ses doigts, faux et rouge vermillon.

Je ferme les yeux.

La suite est là, tout au bord.

Lina souffrait de coliques néphrétiques depuis des années, sauf que la dernière fois qu'elle avait été admise en urgence à l'hôpital Édouard-Herriot, l'échographie avait révélé une tache suspecte. Le médecin de garde ne voulait pas se prononcer, il avait prescrit d'autres examens. Le calvaire a commencé. Les consultations. Les salles d'attente. Les termes médicaux dont on allait chercher la définition sur Google. Les résultats d'examen envoyés sur internet. Le code à taper. La peur au ventre.

Le monde s'était brusquement rétréci.

Rien ne serait plus jamais comme avant.

Jusque-là, la vie s'était écoulée sans faire de bruit. Les jours, les nuits semblaient pouvoir durer toujours. Et brusquement, sans crier gare, ça avait viré au noir. En un instant, la vie d'autrefois, celle qu'on connaissait, avait disparu.

Lundi (5 heures du mat, insomnie)

Mon amour,

Quand tu liras ces pages, c'est qu'on t'aura donné mon Journal de bord, j'ai mis du temps à trouver le titre, tu l'aimes ?
J'ai eu cette idée. Te laisser mes mémoires, mes souvenirs de guerrière, mais aussi la trace de toutes les belles choses qu'on a partagées toi et moi.
Je découvre les vertus de l'écriture, Ouais, tu me diras, il était temps. Quand j'écris, je m'absente, j'oublie les résultats, les taches suspectes, le toboggan, et, surtout, j'oublie mon corps, épinglé dans ce lit comme un papillon sur la planche d'un collectionneur.

On arrête de se mentir, la vie à l'hosto n'a rien d'hospitalier ! Finis les petits ennuis du quotidien, c'est vrai, plus d'éviers bouchés, de courses, de frigo à dégivrer, de ménage, tous ces trucs palpitants qui ne servent à rien mais on la paye cher la paix domestique.
Et on s'aperçoit vite qu'on vous a menti : votre chambre n'a rien d'individuel, non c'est un hall de gare, où tout le monde défile sans jamais s'arrêter, noyé dans les bruits du couloir, les cavalcades, les sonnettes qui retentissent comme des cornes de brume dans la nuit. À te glacer le cœur.
D'autres bruits plus près encore : le ronronnement du scope sur lequel je vois s'afficher mon rythme cardiaque, le taux d'oxygène dans mon sang, ma tension artérielle, ma température, tout ce qui prouve à l'évidence que je suis encore vivante…

Mes nuits surtout sont affreuses. Après le repas du soir, je commence à mouliner, l'angoisse monte, on vient me réveiller toutes les trois heures pour vérifier mes constantes, je ne me rendors pas, je me vois glisser le long d'un toboggan sans fin. Le matin, quand le soleil se lève, ça va un peu mieux.
Bon, voilà, c'était mon quart d'heure jérémiade.
Il y a tant de choses que je voudrais te dire.

Je te vois triste et voûté au pied de mon lit, avec ta barbe de trois jours traversée de filaments blancs. Tu fais comme si la situation était normale, Max, mais la situation est injuste et cruelle.
J'ai tenté de la nier, j'ai été dans la colère mais maintenant je me résigne.
Il le faut.
S'il te plaît, quitte cet air coupable qui traîne sur ton visage. Je vais te dire un truc important. Je veux que tu vieillisses, trouve-toi quelqu'un, la solitude n'est pas une option, oui, je te connais. Crois-moi, il n'y a que l'amour qui compte. Tout le reste, c'est du bidon.

J'allais oublier. Tu te souviens de cet homme qu'on avait croisé dans les ruelles du Vieux Lyon, assis sur son tabouret avec la casquette de travers. Il chantait en faisant tourner son orgue de Barbarie. Il nous avait tiré les larmes, si, même à toi…
La chanson de Piaf.
C'est celle que j'aimerais entendre pour la cérémonie.
Voilà, c'est dit. Merde, j'ai versé dans le mélo, tant pis.
Mon amour, je t'embrasse.

Ta Lina

PS : Ah, très important. Pense à tes élèves, ceux dont tu me parles tout le temps. Crois-moi, ils vont t'aider à tenir la rampe.

Tout a commencé à foutre le camp un après-midi d'août. Je me souviens qu'on rentrait du Lavandou, où on avait passé deux semaines dans une location un peu pourrie à tenter désespérément d'oublier l'échéance, mais, sur la fin, on était pressés de rentrer. Suivant les jours, c'était le désespoir ou l'espoir irrationnel d'une erreur dans les analyses médicales.

Le Centre Léon Bérard, il est 17h30.
En franchissant le tourniquet de l'entrée, j'ai l'impression de pénétrer l'univers minéral et glacé d'un tunnel souterrain. Le visage de Lina est impénétrable. On a passé le trajet en voiture dans un silence de crypte. On ne se parle plus beaucoup.
Ascenseur. Deuxième étage. Couloir. Salle 23.
Le Dr T., chef de service, nous fait entrer dans son bureau, à la décoration tendance, mobilier scandinave, tableau contemporain.
Il effleure du regard les papiers devant lui, nous regarde.
— Vous avez trouvé à vous garer sur le parking ? On nous pique régulièrement les places. C'est la guerre.
Sa désinvolture est bon signe.
Malgré tout, ça pulse dans mes oreilles.

Tout à coup, il se tourne vers Lina, et prend une drôle de voix, grave et monocorde, comme s'il s'adressait à une enfant un peu attardée.
— Les résultats de la biopsie, je ne vous le cache pas, ne sont pas très bons… Dans un premier temps, on a besoin de faire d'autres examens, un scanner et une scintigraphie

osseuse ainsi qu'une IRM. Nous allons commencer la semaine prochaine. Il ne faut pas traîner.

Lina marque un temps d'arrêt, elle répond :

— Ah bon... si tôt... c'est grave... je veux savoir où j'en suis, Docteur. Dites-moi la vérité, c'est mon corps...

Jc la regarde, je veux l'arrêter mais c'est déjà trop tard.

Après un aller-retour à ses notes, il déroule son laïus.

— La biopsie a révélé que vous avez un cancer de l'urètre qui est postérieur donc c'est plus embêtant car il est déjà bien évolué, stade 4, pour être précis. La tumeur n'est malheureusement pas opérable et on soupçonne que le cancer s'est déjà métastasé. On va voir ce qu'on peut faire pour stabiliser les choses, et envisager des traitements pour vous maintenir une bonne qualité de vie.

Elle est prise de court.

— Merde... mais c'est pas possible, je ne sens rien...

— C'est normal, le cancer évolue souvent à bas bruit.

L'enfoiré a réponse à tout !

Lina pose des questions sur l'évolution de la maladie, le taux de survie, l'origine du cancer, la perte des cheveux, les traitements. Je regarde ses mains, agrippées à son sac noir, posé sur ses genoux. Ses phalanges sont toute blanches.

Le médecin élude la question sur les chances de survie. Il traite déjà Lina comme un dossier, une patiente, mais sa médecine est IMPUISSANTE, il n'a rien à proposer.

— Je vous le redis, insiste-t-il, il va falloir se battre, être courageuse.

Il avait raison, ça a été la guerre, on l'a vite compris. Le protocole, les examens, l'angoisse en perfusion. Pour s'en sortir, il fallait puiser dans les réserves au fond de soi, s'arc-bouter, étrangler la peur, gober des vitamines, éviter de réfléchir, et même quand on touchait le fond, continuer à espérer.

Elle a été un modèle pour moi.

Le mental, moi, ça n'a jamais été mon fort. Après le speech du médecin, j'ai eu l'impression qu'une valise piégée explosait dans ma poitrine. Je me suis agrippé aux accoudoirs du fauteuil pour ne pas lui sauter à la gorge. J'avais envie de hurler, Le malade qui demande la vérité n'est pas toujours prêt à l'entendre, merde !

Avec le recul, je réalise aujourd'hui combien la rage primaire qui m'a assailli ce jour-là – forme ultime de l'impuissance – était parfaitement vaine puisqu'on avait déjà basculé dans l'autre monde, le monde parallèle de la maladie incurable.

De retour de la visite, Lina s'est enfoncée dans une phase de sidération. Elle n'a rien changé à ses habitudes. Travail. Courses. Cuisine. Ménage. Cours de Pilates. Et pourtant elle était aux abonnés absents. Muette. Ailleurs. Les yeux voilés comme ceux d'un patient atteint de la cataracte.

Elle se repassait la conversation. Sûrement.

Certains soirs, elle s'interrogeait, comme si elle se parlait à elle-même, C'est pas possible, ils ont dû se tromper, je n'ai aucun symptôme. Juste un peu mal au dos et ces coliques

néphrétiques… qui n'en étaient finalement pas, mais rien de spécial…
De mon côté, je cherchais un responsable.
— Et ta généraliste qui te suit depuis des années et qui ne te prescrit pas une échographie de contrôle. Si tu veux mon avis, on devrait monter un dossier et la traduire devant l'Ordre des Médecins.
— Sophie Bourdin est mon amie. Je n'engagerai aucune poursuite, tu me connais mal, Max. Mais t'inquiète, je suis en mode warrior, tu vas voir.
Tu me connais mal, j'ai encaissé en silence.

Un lundi à l'hosto

Mon amour,

Ils disent que je dois lutter.
Pour trouver de l'énergie, j'essaye de penser à toutes ces héroïnes de roman, les courageuses, les combatives, les imputrescibles : Simone, Scarlett, Jane, Catherine, Mary, George.
Pendant ce temps, la vie est morose. À la télé, les témoignages des gens qui étaient dans la fosse au Bataclan. Ceux qui priaient pour que leur téléphone ne sonne pas. Déprimant au possible. Par moments, je vois le monde comme un immense champ de bataille, envahi par des troupes ennemies qui bivouaquent dans les replis de ses entrailles en attendant la prochaine offensive, le pilonnage au napalm d'un centre névralgique, un pays, une ville à détruire, réduire au néant.
Ils gagnent du terrain comme le crabe qui me bouffe l'intérieur.
Il paraît qu'il faut accueillir la douleur, alors je souffre en me bouffant l'intérieur des joues.
Des lambeaux de peau se détachent. Je pars en ruine.

La littérature est la seule chose qui m'aide, c'est mon refuge.
Le matin, entre les visites et les soins, je relis les romans de Duras. Je pense à sa vie dans cette famille en pierre. Sa mère effrayante et hypnotique. Les désintoxications à l'Hôpital américain, chambre 2327. Ses mots qui pourraient être les miens : *« Quand j'écris, je ne meurs pas. »*

L'après-midi, je somnole, difficile de rester éveillée quand on est allongée toute la journée. Ah, oui, dans la soirée, j'ai eu envie de donner un titre à mon carnet. En plagiant un peu car les meilleurs titres ont déjà tous été pris. *Voyage au bout de la nuit*. Non, trop grave. *La Peste*, court, énigmatique mais un chouïa trop médical. En revanche, *Au-delà de cette limite votre ticket n'est plus valable*, c'est pas mal, simple et pudique, et ça suggère la peur de l'inconnu, un voyage. Gary forever !
Je vais voir…

Fourmis dans le bras, j'arrête…
Bisous.

Après l'annonce, les choses s'accélèrent, un peu comme si, une fois les mots prononcés, la maladie avait décidé de mettre le turbo pour nous prendre de vitesse.
Je nous revois quelques semaines après la première chimiothérapie, qui avait donné de bons résultats, déterminés et combatifs. Les médecins proposent une hospitalisation à domicile, l'idée est géniale, on va rester à la maison. Mais la radiothérapie a très vite des effets secondaires pénibles. Lina a du mal à se lever, éreintée, nauséeuse, des crampes dans les jambes, les intestins en bouillie.
Les jours passent,
elle s'affaiblit,
le monde devient crépusculaire.
Dans ma tête tournent des images de cellules cancéreuses partant nidifier dans les organes sains, coloniser les tissus, toujours plus loin, comme une nappe de pétrole qui avancerait sur la mer.

Je l'aide à se doucher, s'habiller.
Je cuisine ce qu'elle aime.
J'ai peur de la laisser seule.
Elle longe les couloirs en prenant appui sur les murs, refusant ma main. J'ai cette vision d'elle qui tâtonne. Ou d'elle allongée des journées entières, les yeux clos comme une statue de pierre.
Elle récupère ses cheveux par poignées sur la taie d'oreiller et les jette dans la cuvette des WC en rigolant, Je suis bonne

pour la perruque, dit-elle, si tu rêvais d'une blonde, tu vas être servi.

La nuit, je me couche au pied du lit sur un matelas et, dès qu'elle se précipite vers les toilettes, je bondis en chopant la boîte de Kleenex au passage.

Nos matins sont compliqués.

Mes questions l'exaspèrent. Toujours à côté de la plaque.

Elle a perdu presque cinq kilos depuis l'annonce. Les rondeurs ont été remplacées par des creux. On commande des pyjamas en pilou sur le site d'Etam.

Son odeur a changé. Plus d'effluves de Guerlain. À la place, une nouvelle odeur chimique un peu âpre, qui me mouille les yeux. Son teint a pris une couleur cireuse.

Je pense à la Faucheuse.

Brutalement, son état se détériore, les médecins disent qu'il faut l'hospitaliser si on veut donner une chance au nouveau traitement aux hormones de marcher.

Heureusement, Lina trouve vite ses marques à l'hôpital Léon Bérard, les soignants la rassurent, les médicaments la requinquent, elle retrouve une bonne voix.

Je lui dis d'arrêter de regarder BFM toute la journée, C'est anxiogène, mais elle ne m'écoute pas. Elle rugit.

— On vit une catastrophe planétaire, je ne peux pas m'empêcher de suivre l'actualité. Mais j'ai de la ressource, je vais me battre, ne serait-ce que par solidarité pour toutes ces victimes qui ont eu la malchance d'être au mauvais endroit.

Elle m'impressionne. La menace semble s'éloigner.

Elle me réclame un carnet pour noter les médocs et les protocoles au fur et à mesure.

Tes élèves. Ils vont t'aider à tenir la rampe.
Le Grand Café des Négociants. Comme je ne bosse pas l'après-midi, on s'y retrouve souvent le mercredi. L'établissement est chic, un peu guindé, nappes blanches, tentures velours bordeaux, et serveurs obséquieux mais on aime l'ambiance brasserie parisienne.

On est un peu avant la bascule.

À quel moment la vie ordinaire se transforme en destin implacable ? Y avait-il eu des indices qu'on n'aurait pas su ou voulu voir, c'est probable.

— J'ai vu mon ophtalmologue ce matin, il parle d'une DMLA. Tu sais les taches scintillantes. À mon âge, tu te rends compte. J'attends les résultats. Il m'a donné un traitement et des gouttes. Bon, pour en revenir aux problèmes avec ton chef, c'est pour les élèves en difficulté que tu as choisi ce métier, pas pour la paye ou la reconnaissance de la hiérarchie, on est bien d'accord ?

— Tu as raison, ma douce.

— C'est vrai, tu inventes, tu innoves, c'est hyper positif.

— Il n'empêche, j'ai l'impression de ferrailler tout seul comme un illuminé…

— Pense aux gamins. Dans ce collège en ZEP, grâce à ton expérience, tu éveilles des choses en eux. On en a souvent parlé.

— Sans compter le chef, toujours à me pister comme un chasseur de prime.

Elle m'a fait du pied sous la table en souriant.
— Ça lui passera, t'inquiète.

Le serveur, armé de son torchon immaculé, a fait glisser les miettes dans une assiette. On a commandé des crèmes brûlées.
— Tu as raison, ce sont bien ces sales gosses qui me retiennent de démissionner chaque matin. Souvent, j'ai l'impression d'être logé dans leur tête, de les entendre penser. Mon côté médium. Va savoir, j'ai peut-être le shining, tu sais, comme dans le bouquin de Stephen King.
— Bah, il faut juste espérer que tu finisses pas comme Jack, congelé dans le labyrinthe !
Elle avait éclaté de rire. Un rire joyeux, insouciant. Un rire, qui se fichait des convenances, et témoignait que tout était possible. Toujours là, à tintinnabuler dans le creux de mon oreille.

Le déjeuner au café. La DMLA. Le principal sur mon dos… Quand j'y repense, j'ai un peu honte. J'ai eu tant d'occasions de rétablir la vérité sur ce qui se passait réellement dans mes classes. Je n'en ai rien fait. Elle est restée avec cette image d'un prof charismatique, respecté, à la pointe de l'innovation. Mon rebelle adoré, comme elle disait.
L'innovation. Cela faisait longtemps que je n'inventais plus grand-chose, je reprenais de vieux cours à la virgule près.

Après cette conversation au café, je me souviens avoir recyclé un ancien projet : les élèves devaient présenter un exposé sur un roman qu'ils avaient aimé. Secrètement, j'avais envie de retrouver la fraîcheur, et l'émotion que je ressentais autrefois, rêvant d'une cure de jouvence, qui me remettrait en selle.
Les élèves ont râlé. Excuses bidon en rafale, *J'l'ai oublié chez moi. M'sieur, on m'l'a volé dans mon sac, j'vous jure.* D'autres ont sorti un bout de papier tirebouchonné de leur sac à dos.
« Tu dois leur faire aimer la littérature » était la phrase qui clignotait comme une balise dans ma tête.
C'était le début de l'année, il fallait assurer.

Après avoir scotché sur le tableau l'affiche en papier Canson où sont collées des photos de l'auteur, la ville algérienne, et la voiture encastrée dans le platane sur la nationale, Colin Bibet a peiné à lire le nom de la commune

où l'accident avait eu lieu. En rapprochant la feuille de ses yeux, il a fini par ânonner : Ville-ble-vin.
Naïvement, j'ai dit qu'il avait peut-être besoin de lunettes. Erreur grossière. Les élèves du fond n'attendaient que ça. J'ai tenté de rétablir l'ordre en frappant sur mon bureau avec mon trousseau de clés.
Colin a repris son exposé dans un calme précaire.
Lina avait décidé de porter des loupes dioptrie 3, tout en râlant, qu'elle s'était pris dix ans dans la tête. Les examens avaient confirmé une DMLA avancée, et son médecin lui en avait prescrit d'autres à faire à l'hôpital.

— Comme si j'avais que ça à faire, avait-elle clamé, en tournant les talons.

J'aurais dû la forcer…

Après avoir montré la voiture encastrée dans l'arbre sur le bas-côté de la route, Colin a expliqué que Albert Camus aurait vraiment dû prendre le train, comme c'était prévu au départ. Disant très justement à sa manière combien la vie est aléatoire, voire un vrai champ de mines.

Quand il est passé au roman, les choses se sont corsées. Forcément, il a développé sur l'indifférence de Meursault devant la mort de sa mère.

— Albert Camus ne sait pas quel jour elle est morte, sa mère. Je suis choqué. Il pleure même pas, comme s'il s'en fichait complètement.

L'erreur est classique, ils la font tous : confondre le personnage du roman et l'auteur. Et, finalement, si on réfléchit bien, il n'a pas si tort que ça puisque Meursault tente vainement d'atteindre des sentiments humains en observant les émotions chez les autres, le prêtre, les voisins sans toutefois y parvenir. Difficile pour un gamin de quatorze ans d'appréhender le concept de néant intérieur, que Camus a cherché à illustrer à travers son héros au cœur vide.
J'ai noté qu'il fallait y revenir.

Les élèves du fond s'agitaient de plus en plus.
Planqué derrière mon bureau, j'ai exigé le silence mais ma voix blanche sans tessiture a résonné comme un appel à la rébellion. Des rires tonitruants ont éclaté dans le fond. Des cris. Des surnoms ont fusé, *Tronche de Colin, Colin-La-Fiote.* Quelqu'un a hurlé le mien, *Désmarpas.* Colin m'a regardé, il attendait que je réagisse. J'ai entendu gronder sa colère derrière ses sourcils froncés.

Tout mon mercredi à préparer cet exposé, et j'ai même pas eu le temps de parler du meurtre de l'Arabe, et voilà, c'est mort. Toujours les mêmes qui foutent le bordel, ils se fichent des études, ce qui les fait kiffer c'est les cacatovs remplis de merde de chiens qu'ils balancent sur les portes du collège, se balader avec un canif dans la poche, menacer les autres, empêcher les élèves de suivre. Et les profs dans tout ça, bah ils s'aplatissent comme des lopettes, un collège de merde.

— Merci Colin, ton exposé était très intéressant. Je te donnerai ta note plus tard.
Colin a détaché la feuille du tableau dans la cacophonie générale, et il est retourné à sa place, l'air renfrogné, juste avant que ne commencent les jets de projectiles. J'étais retranché derrière mon bureau au moment où il a reçu une gomme sur la tête. C'est abusé, m'sieur, pourquoi vous faites rien, a-t-il hurlé, furieux.

Mercredi, 14h45 à la télé

Max chéri,

Roland, mon kiné, est un mec vraiment adorable, il masse mes pauvres guiboles atrophiées, me fait rire, sa vie, sa femme, ses gosses, ça me fait du bien d'entendre parler de la vie du dehors.
Il demande combien de fois j'ai fait le couloir.
Quel âge peut-il bien avoir ? La quarantaine ?
Le temps file…
Il répète, Le couloir c'est au moins deux fois par jour.
Je lui fais un de mes plus beaux sourires.

Quand je pense combien j'aimais danser… Je grimpais sur tes pieds, mon minuscule 35 fillette sur tes grands panards. Nos deux corps formaient une créature hybride. On dansait sur la chanson de Leonard Cohen, comment c'était déjà, ça se terminait par *love*… putain… c'est pas possible… ma mémoire… ah oui, *Danse me to the end of love.*

Merde ! Toujours ces aphtes dans la bouche à cause de la chimio. Les bains de bouche, leur lait de magnésie et Benadryl cinq fois par jour, ça marche moyen mais ils n'ont rien d'autre en stock.

Autre beau souvenir : notre rencontre. Tu étais venu avec un pote voir ma colocataire, la pulpeuse Marie-Flore. Le bruit des conversations m'avait arrachée à la lecture du *Deuxième Sexe* de Simone de Beauvoir. J'étais allée dans la cuisine, et tu étais là, mon Maxou d'amour,

avec ta chemise entrouverte. Je t'ai proposé un tilleul ou une verveine. Tu as dit, Génial, j'adore la tisane. Ça m'a fait rire et, en me retournant, j'ai vu tes côtes dans l'ouverture de ta chemise. Tu le sais, la maigreur de ton torse m'a fait penser au Chinois dans *L'Amant* de Duras. En un peu plus jeune…
Tout l'après-midi, on a trempé nos sachets dans des tasses ébréchées pleines d'eau chaude, en parlant musique, livres, ski, cinéma, dans une sorte de frénésie. L'excitation aveugle des commencements.

C'est quoi ce bruit ?
Oh merde, l'infirmière. Et sûrement l'interne, qui va encore me proposer des essais cliniques. Allez vous faire voir !! Le cobaye vous dit stop. On arrête tous les traitements, on ne garde que les antidouleurs, oui j'ai bien réfléchi. Je veux choisir ma sortie.

Lina

Ce qui caractérise la maladie mortelle, c'est l'alternance de hauts et de bas.
Un matin de janvier, l'interne arbore un sourire que je ne lui connais pas.

— Vous êtes en bonne voie, le scanner a révélé que les tumeurs à l'urètre ont régressé de 50%, c'est encourageant.

— Est-ce que je vais pouvoir sortir pour les fêtes ?

Il regarde son dossier et rétropédale à toute allure.

— Oh là, restons prudent, on va attendre le prochain bilan d'ici quinze jours, c'est plus sage.

Une fois le trouillard sorti, on éclate de rire, c'est jour de fête dans la chambre 122. On s'embrasse, on rigole comme des adolescents éméchés. Je sors Lina du lit en la prenant sous les bras, pose son corps en équilibre sur mes pieds – léger comme celui d'une enfant – et je l'emmène valser dans la chambre en fredonnant notre chanson. Elle dit en rigolant, Ce que tu fais à Leonard Cohen est un sacrilège, dont tu devras rendre compte.

Bref, on s'emballe.

L'après-midi, on continue sur notre lancée. Foie gras. Petits fours de chez Pignol. Champagne rosé. Vautrés sur le lit, on boit, on fait du bruit, des miettes. On oublie la noirceur du monde, l'avenir reprend des contours. Je revois encore ma Lina hurler comme si la Grande Faucheuse était postée en embuscade dans un coin de la chambre.

— C'est pas encore pour cette fois, tu entends, la vioque, range ta faucille de merde. Quinze jours, il plaisante le toubib. Tu vas voir, je vais leur signer une décharge, choper mes affaires dans le placard et ciao !

— Tu te sens comment ?

— En pleine forme, je vois aucune raison de rester moisir ici. Viens par là que je t'embrasse… approche, j'ai trop envie de toi. Maison, maison…

Je suis heureux, mes prières ont été entendues. Elle a réussi. C'est arrivé. Des exemples à la pelle de guérisons inespérées en dépit de pronostics désastreux. La médecine n'est pas une science exacte, ça arrive.

Je me promets de passer à Monoprix remplir le frigo.

— Ah, tiens, en venant, je me suis arrêté à la librairie du Rameau d'Or, métro Foch, tu vois ? Et je t'ai pris ce roman.

Elle attrape le livre en faisant comme s'il lui tombait des mains.

— Waouhh ! Le monstre, s'écrie-t-elle. Longtemps que je n'ai pas lu un tel pavé !

— D'après la libraire, *La Montagne Magique* est un livre lent, à lire lentement. Une longue méditation sur la vie.

Elle pouffe de rire.

— Du temps, c'est pas ce qui me manque.

— Tu verras, ça se passe à Davos, en Suisse, dans un sanatorium, où les pensionnaires sont soignés pour la tuberculose. Le héros vient rendre visite à son cousin. Au départ, il ne compte rester que trois semaines, après, suspense… Thomas Mann, tu sais, c'est celui qui a écrit *La Mort à Venise*…

Elle pose le livre sur la table de nuit, me fait signe d'approcher et se colle tendrement à moi.

— Viens par ici, que je te file ma tuberculose.

Nuit de cauchemars échevelés et confus. Me sentais glisser. Je voyais Lina attendre seule dans son lit, guettant les bruits, les pas dans le couloir. Au matin, je me suis senti fiévreux et chancelant. J'ai repensé au conseil du médecin, j'ai pris peur.
Après avoir copieusement gémi au téléphone, j'ai réussi à trouver un rendez-vous chez un psy, qui acceptait les nouveaux patients. Précisé que c'était urgent mais l'homme ne s'en laissait pas compter, sa voix est restée parfaitement impassible, S'il y a une urgence vous n'avez qu'à aller à l'hôpital.
Envie de lui répondre, J'en sors.

Je continue à revisiter cette histoire triste, parsemée d'épisodes peu glorieux. La raconter à haute voix ne va pas être facile. Toutes ces petites lâchetés ordinaires qu'on fait glisser sous le tapis… le nombre de fois où je me suis terré chez moi… le nombre de fois où j'ai mis mon portable sur messagerie, où j'ai failli faire demi-tour sur le parking de l'hôpital.
L'autre ne m'a pas loupé, *T'as pas intérêt à mentir pendant la thérapie sinon ça ne servira à rien, mec.*
Continuer à s'entraîner, raconter l'indicible…

Le soir, dès mon retour de l'hôpital, commence la lutte. Il faut reprendre pied dans la vie. Faire table rase de la journée, me vider la cervelle, oublier l'odeur de désinfectant, les couloirs sales et le goût âcre du malheur. Elle me laisse des messages, je ne les écoute pas, le cerveau fusillé. Des tonnes d'excuses dans la tête, batterie déchargée, réunions, rhume, piles de copies à corriger, bulletins à remplir. Dans le silence flippant de mon deux-pièces, j'écoute la télévision à fond comme un forcené coincé dans sa cellule capitonnée. Je ne remonte plus les volets roulants. Je traque l'actualité minute par minute. Rien ne doit m'échapper. Les mausolées de bougies, les avis de recherche, de décès, la cavale des terroristes. Les portraits-robots au cas où je les croiserais à Carrefour Market.

On ne guérit pas de la culpabilité. Il y a eu un moment où j'ai même commencé à penser qu'elle était peut-être ancrée dans mon ADN, je veux dire dans les gènes, et peut-être la trace résiduelle d'une mémoire familiale.

La vérité était simple, j'étais un lâche.

Voilà, j'étais un homme qui fuit.

Devant le sinistre constat, je me suis mis à boire. De façon régulière dès le matin, pour maintenir une certaine quantité d'alcool dans le sang. Les angoisses et la honte cédaient.

L'esprit était lavé, récuré, nickel.

Je revoyais les images de notre bonheur perdu. Je revoyais ma Lina. Son corps qui s'abandonnait quand je nichais mon visage dans son ventre. La tension de son dos sous l'étreinte. Nos corps serrés, lovés, humides, ses fesses tendres sur mes paumes, ses yeux glissant lentement vers l'abîme du plaisir.

Je ne revoyais que le beau.

Au début, l'alcool et moi, ça a bien marché.

J'ai ce flash soudain.
Elle me remercie pour le livre.

— J'ai commencé *La Montagne,* c'est fort, je sens que ça va être le coup de poing dans l'estomac. *La vigueur du coup de poing,* comme disait Flaubert. Merci mon amour.

Elle est belle à pleurer quand elle s'enflamme. Je m'approche. Elle sourit. Cœur fendu. Ses lèvres m'invitent. Les yeux se mettent à me brûler. Lentement ma main glisse, enveloppe la rondeur de son sein. Elle renverse la tête, alanguie, ça fait une éternité. Nos langues se mêlent dans un tourbillon de désir. Tout s'évanouit autour de nous. L'hôpital. Le lit en portefeuille. Le vacarme du couloir.

Elle s'accroche à mon cou, se cambre.

Je l'étreins fébrile et ému comme un adolescent. Elle se met à gémir, un spasme la secoue comme un tremblement de volupté alors que je l'ai à peine touchée. Au moment où ma main s'aventure sous sa chemise de nuit pour caresser son ventre, une larme perle au coin de son œil.

Deux coups secs sur la porte.

Je me raidis. Vite, elle se rajuste.

Nelly, l'infirmière du soir, entre en poussant son chariot métallique, qui cliquète comme un vieux caddie de supermarché.

— Il va falloir sortir, monsieur, c'est l'heure des soins.

Après le départ de l'infirmière, le désir s'est éteint.

Lina, épuisée, attrape le livre sur la table de nuit, le serre contre elle, comme on console un enfant malheureux, Max,

si je m'endors, glisse-le sous mon oreiller, il est tout plat… mon nouveau talisman…
Sa voix est un murmure.
Elle se replie en chien de fusil sous le drap.
Je dis que je vais rester, et assis sur le siège en skaï beige fendillé de toute part, je réalise avec effroi que l'échéance approche.

On est toujours coincés en hiver. Je me laisse jusqu'à la dernière minute pour annuler le rendez-vous avec le psy.
L'autre ricane, *Décidément, toujours à te débiner.*
L'alcool est devenu mon partenaire quotidien. La semaine dernière, j'ai passé trois nuits à boire sans presque manger. J'étais bien. Mais après, j'ai voulu dormir sans rien prendre et là, impossible. Depuis, les insomnies se succèdent et me laissent hébété et mort de soif au petit matin.

Un message vocal de l'hôpital sur mon portable, C'est pour vous prévenir, il faudrait venir assez vite, son état s'est dégradé.
C'est l'infirmière de garde.
Départ en catastrophe. Juste un verre de vin rouge pour me donner du courage. Je remonte la sinistre avenue Berthelot, au bitume crevassé, en slalomant. Une averse entre pluie et neige commence à tomber. Arc-bouté sur ma moto, je frissonne, la peur, le froid. Un ciel étrange plane au-dessus de la ville, et me regarde foncer comme un boulet de canon dans la nuit.

Quand j'arrive, l'infirmière m'explique que Lina a fait une crise et qu'ils ont dû l'attacher au lit. Maintenant, ça va mieux ajoute-t-elle. Effrayé par le mot *contention,* je file vers la chambre. Elle est assise. Le livre est posé sur son ventre gonflé comme un coussin, alors qu'elle ne mange presque plus. Elle lève les yeux, m'ouvre les bras.

— Oh Max, viens par là que je t'embrasse.

Sa joue est un peu humide. Elle répète les mêmes choses.

— Tu sais ce qu'il me faudrait, c'est prendre le soleil, allongée sur une chaise longue comme Hans… le bon air des montagnes suisses, tu crois pas ?

Tout à coup, sur le point d'interrogation, sa voix s'éteint, et son visage se crispe comme sous l'effet d'une douleur intense. Elle jette le roman à travers la chambre. Il s'écrase vers la poubelle. Elle agrippe le drap, le froisse entre ses doigts, le mord en poussant un cri guttural. Ses yeux sont deux trous noirs.

— Plus bonne à rien, hurle-t-elle.

Je ne reconnais pas sa voix.

Mon estomac se retourne comme un gant.

Dans mon cerveau, les mots s'agitent et s'entrechoquent comme des boules de flipper, démence, confusion, folie, troubles du comportement, internement, électrochocs, coma. Je vois les infirmières revenir la ligoter. Après une profonde inspiration, je ramasse le livre écartelé, le pose sur la table de nuit, en essayant d'aplanir la couverture cornée. Et vite, je meuble pour refouler l'angoisse.

— On est tous vannés en ce moment. C'est dingue. Vivement les vacances…

— Excuse-moi, en ce moment… à fleur de peau. N'arrive plus à lire… trop fatiguée… on est quel mois ?

Depuis une semaine, elle est perdue dans les dates.

C'est en rentrant chez moi, ce soir-là, et en visualisant la suite que je me suis mis à boire de plus belle.

Je n'en suis pas fier.

Au début, c'était juste deux ou trois bières au café en face de l'hôpital, pour me remonter le moral avant d'y aller. Maintenant je passe à Carrefour tous les soirs. Cela m'aide, les choses deviennent plus légères. Presque supportables.

Certains soirs, quand je m'enlise dans le désespoir, je sors dans les bars de la ville. Je croise des gens. C'est éphémère et superficiel, j'en ai bien conscience, mais la détresse se dilue dans les vapeurs d'alcool.

Je rentre au radar.

Le problème du lendemain, c'est de n'être qu'un puits sans fond, et de boire encore pour retrouver la toute première phase, celle où on oubliait la noirceur du monde.

Aujourd'hui, je n'arrive plus à être bien même en buvant comme un trou. J'ai les tempes qui cognent dès le réveil. Je ne me souviens plus de la fin de mes nuits.

Certains matins, lorsque j'arrive au collège, je suis château branlant, à roter la cuite de la veille. Je sors trois pages d'exercices de grammaire. Les élèves râlent mais s'exécutent. J'entends des insultes fuser du fond de la salle. Régulièrement, je trouve le chef posté devant ma salle. Tel un équilibriste sur son fil, je crois pouvoir passer à travers les gouttes.

Vendredi, je crois…

Mon Maxime,

Mollo sur la drogue pour rester lucide.
Les radiateurs sont à fond, je suis gelée.
« Écrire, c'est aussi ne pas parler. » Duras. Son style épuré sans fioritures. Ses citations archi connues mais si justes. La famille Donnadieu. La concession inondée. La Maurice Léon-Bollée…ou Morris… l'orthographe, je ne sais plus.
S'accrocher aux mots pour oublier le reste.

J'ai eu de la visite dans la matinée. Mon père et ma grand-mère Anouchka. Leurs voix me ramenaient à ma vie d'avant. C'était doux et mélancolique. Dans leurs yeux, je redevenais une enfant chétive dont ils venaient s'occuper.
En arrivant mon père m'a embrassée sur le front. Il a excusé ma mère qui avait une sinusite et il a posé sa vieille main ridée sur la mienne pendant qu'Anouchka mettait son sac à main sur le rebord de la fenêtre, Ils auraient quand même pu t'installer dans une chambre avec une vue sur autre chose que des entrepôts.
J'ai profité d'un silence pour faire l'annonce.
J'avais peur qu'ils ne l'apprennent par les médecins.

Sans surprise, ça s'est mal passé.
Anouchka s'est emportée.

— C'est pas possible, Lina, il faut te faire confiance. N'oublie pas ce que nos ancêtres ont souffert et comment ils se sont relevés. Notre peuple a survécu au génocide.

Ton arrière-grand-père y a même laissé la vie, comme des millions d'Arméniens massacrés pour rien. Tu es de cette famille. S'il te plaît, ne baisse pas les bras, bats-toi.
En un éclair, j'ai repensé à tous ces dîners de famille, où le sujet arrivait avec le dessert. Les parents d'Anouchka contraints de quitter leur petit village en Anatolie. La charrette brinquebalante avec leurs maigres affaires sur les routes. L'exil. Les gendarmes. Elle répétait, On les a traités comme du bétail. Et l'histoire du cousin Simon, parti s'enrôler dans l'Armée de Libération de l'Arménie à Beyrouth.
Je ne t'ai jamais raconté ça.
Tant de choses encore à te dire.

J'ai failli tourner de l'œil. Trop d'émotions qui font battre le cœur, tous ces mots, à force ça use…
Anouchka s'est affolée, elle voulait appeler l'infirmière.
J'ai dit, Non c'est pas la peine, je vais juste dormir.

Il est 22 heures, et scotché dans mon fauteuil, le pack de bières posé sur la table basse, je me repasse au ralenti la séance du matin chez le psy.
Comprendre ce qui m'a mis à l'envers.

Le cabinet du Docteur R. est niché au quatrième étage d'un immeuble cossu. J'ai à peine attendu. Son bureau était baigné de lumière. J'ai pris place dans le fauteuil en cuir noir. L'homme à la barbiche rousse a été cordial, froid mais cordial.

— Le travail que vous allez entreprendre s'apparente à des fouilles archéologiques car il s'agit de faire émerger la vérité, ou du moins votre vérité mais, je vous préviens, cela demande de s'impliquer dans le processus. Je pense que vous allez être amené à revivre le souvenir de la relation avec l'être aimé pour accepter de la perdre et vous réapproprier sa mort. Vivre avec. À l'heure actuelle, si j'ai bien compris, vous faites obstacle, vous refusez de vous détacher, il y a du travail, ce sera probablement long…

Derrière son bureau, la bibliothèque crachait des livres, des brochures, les dossiers qui avaient migré vers le sol, glissé le long des murs, comme un cordon ombilical, gonflé de toutes sortes de malheurs, de chagrins inconsolables, de vies tourmentées.
Lui, calé dans son fauteuil à roulettes, était loin de moi. Entre nous, un tapis marocain élimé, qui avait dû à une époque être flamboyant.

Il m'a demandé quel était l'objectif de ma démarche.
J'ai évoqué ma dépression, les acouphènes apparus récemment, et enchaîné avec mes questions sur la légitimité de l'entreprise.

— En fait, j'ai quelques réserves... Pour être tout à fait franc, j'y crois pas trop à ce truc, le divan, bavasser pendant des heures sur son passé, sa petite enfance. Enfin, voilà.

— Et pourtant, vous êtes venu ?

— Oui, c'est mon médecin...

— Il a dû vous dire que vous n'alliez pas bien, non ?

J'ai eu l'impression de tomber dans un piège, et brusquement, alors qu'il se mettait à griffonner nerveusement sur son calepin, j'ai paniqué en imaginant dans sa bouche une langue vorace et rapide comme celle d'un lézard.
J'ai eu la tête qui tournait.
L'instant d'après, il a levé les yeux et m'a fixé d'un regard acéré de prédateur, C'est à vous, je vous écoute.

Le silence. Long et insupportable. Comme si je me regardais dans le miroir. Je craque.
Je déballe tout.
Le suicide du père une nuit de février avec son arme rapportée d'Algérie. En août 1962, la fuite, in extremis, une nuit dans un camion militaire de l'armée, après le vote pour la libération. Les paroles de ma mère, en larmes, sur le bateau *Ville d'Alger*, On part comme des voleurs avec ce qu'on a sur le dos.
Le psy répète, *Votre mère,* sur un ton interrogatif pour m'inciter à développer et bêtement j'embraye. Je donne les détails. La colonie de vacances dans le Jura. Les doutes dans ma caboche d'adolescent.
Je ne me souviens plus jusqu'où je suis allé.

À la fin de l'entretien, le Docteur R. préconise deux séances par semaine. La durée du traitement semble illimitée.

Un flou artistique règne sur mon retour à la normale. On fixe ensemble la date du prochain rendez-vous. En passant la porte, je suis décidé à entreprendre la thérapie. Pour aller mieux, en finir, retrouver une vie normale.

Mais l'embellie ne dure pas.
Dans les escaliers, mon corps se dérobe. J'ai le cerveau qui bat comme un tambour. Vision brouillée, frissons, sueurs froides. Je dois me tenir aux murs pour descendre les escaliers. Les marches en pierre inégales me déstabilisent. Les murs sombres et glacés semblent suinter un liquide visqueux, qui exhale une odeur de rat mort. Je déboule dans la lumière éclatante de la rue. Je crois que je pousse un hurlement.
Un vieil homme voûté me regarde de travers.

Alors que je regagne le parking, en bordure de Saône, l'autre me souffle, *Détends-toi, Max, tu n'es pas obligé de tout lui raconter.* En montant dans ma vieille Saab rouge, la pression retombe. Il a raison, merde, on n'est pas à confesse.
Je passe à Carrefour prendre des munitions.

Quand j'ouvre la porte, elle sursaute comme le ferait une enfant prise en faute, et range un carnet rouge dans le tiroir de la table de nuit. Je l'embrasse en apnée à cause de l'haleine. L'air est épais comme dans un sauna.

— Non, laisse la fenêtre fermée, j'ai froid.

— Comment tu vas ?

— Pas trop mal mais la nuit a été infernale, ça rentre et ça sort de ma chambre toutes les quatre heures. Je n'arrivais pas à me rendormir, j'ai crapahuté dans la montagne, lol.

— Il faut te reposer, tu sais.

— Arrête, tu vas pas t'y mettre toi aussi ! Bon, je te raconte le début, sans spoiler, t'inquiète. Hans rencontre les autres pensionnaires du sanatorium dans la salle du petit déjeuner. Des gens bizarres... Une femme, visage rouge et cheveux gras... un grand bavard, Settembrini. Ah, oui, et le médecin qui trouve Hans complètement anémique. Qu'est-ce qu'il dirait s'il voyait mon teint de déterrée. Je me suis vue dans le poudrier que j'ai gardé.

Elle a continué à évoquer le livre, les personnages, le style de Thomas Mann, l'époque troublée où il a écrit le livre, sa vision du monde. Ce fut la dernière fois où on a parlé littérature.

Quand elle m'a demandé comment ça se passait au collège, j'ai essayé de trouver une anecdote vaguement marrante. J'ai raconté comment le chef m'avait coincé devant la salle des profs, pour remettre en question mon choix du roman que

j'avais donné à étudier aux 4°D, *Le Journal Secret d'Adrien 13 ans 3/4*. J'ai imité sa façon d'éructer, Ce ne sont pas les œuvres classiques qui manquent sans aller chercher un roman avec une mère alcoolique dans une famille de dégénérés, vous ne trouvez pas ?
Mais je parlais trop vite, ses yeux papillonnaient.
Et là, quand j'y repense, je me dis que j'aurais dû arrêter de raconter des conneries, parler vrai plutôt que parler à côté mais cette pensée ne m'est venue à l'esprit que bien plus tard, après que tant de choses ont mal tourné.

Vers 16 heures, après trois coups brefs contre la porte, la clique des soignants a débarqué au grand complet.

— Comment ça va aujourd'hui, Madame Badourian, a claironné le Professeur T., avec cette jovialité exaspérante des mecs en pleine forme.
L'interne avait une tache d'encre sur la poche droite de sa blouse. En quelques minutes, avec Lydia, l'infirmière, ils ont fait le point, avec une précision toute militaire.
Ils insistaient pour qu'elle prenne les antidépresseurs.
Elle a parlé de vouloir rester consciente jusqu'au bout, de bouche pâteuse, de comprimés trop gros.
Puis, le chef s'est tourné vers moi, m'a expliqué qu'ils avaient pris acte de sa volonté de ne pas poursuivre les traitements.

— On va l'équiper d'une pompe à morphine qu'elle pourra actionner à volonté, ça devient incontournable.

Il me parlait comme si Lina n'était pas là.

Elle s'était tournée vers la fenêtre.

Mon Maxou,

C'est un peu décousu… pas pu te raconter la fin de la visite…
Après le départ d'Anouchka, partie prendre un café, mon père s'est assis au bord du lit. Un nuage frais et citronné flottait dans la chambre. *Vétiver* de Guerlain. Tel père telle fille. Je me sentais mieux. Il a repris le flambeau, Allez, Lina, il faut que tu acceptes les protocoles que te proposent les médecins, ils savent ce qui est bon pour toi, fais un effort.
J'ai répondu que j'allais réfléchir.
Sa mine s'est allongée. Il m'a rappelé les jours heureux, les fêtes, les anniversaires autour des mezzés, des mantis et des brochettes de poissons grillés, les cris, les chants…
Je rêve de loukoums, marre des compotes.
C'est loin tout ça.
J'avais envie de me lever, de m'approcher de lui, le prendre dans mes bras mais, faiblarde comme je suis, je me serais affalée à ses pieds… il aurait paniqué.
En quittant ma chambre, il m'a fait un clin d'œil de clown triste depuis le pas de la porte. Ça m'a troué le cœur.

Bisous

Lina

Le chef n'a rien su pour Lina. Jamais eu confiance en lui. Même si mes problèmes avec la hiérarchie ne datent pas d'hier, il représente tout ce que j'exècre : la loi, les règlements, les contraintes, les obligations, les badges, les horaires, les sonneries.

Quand j'arrive au collège et que je le vois de loin, posté sur les marches en train de haranguer la foule des collégiens, comme un bonimenteur sur un stand de foire, mon bide se comprime.

Robert Tournier, principal du collège Pablo Neruda, la cinquantaine vaillante, l'œil chafouin, n'en finit pas de brailler.

— Toi là-bas, surtout ne te presse pas, tu pourrais te faire une hernie. Dis donc Ahmed, c'est quoi cette casquette, t'es sourd ou quoi ?

Je caricature à peine.

Il a la panoplie type du fonctionnaire, une ribambelle de costumes et de cravates interchangeables avec un détail qui, malgré tout, a son importance. Ses chaussures Méphisto, montées sur coussins d'air, lui permettent d'approcher incognito la machine à café quand il vient serrer des paluches dans la salle des profs. Je l'ai découvert à mes dépens un matin de septembre, alors que j'ironisais avec Julien, un collègue d'espagnol, sur les sempiternelles fautes de syntaxe qui émaillent Pablo-info, le planning de la semaine, diffusé sur Pronote.

Julien, assis en face de moi, me fixait en écarquillant les yeux, je ne comprenais pas jusqu'à ce que je me retourne pour voir l'autre juste derrière moi, qui agitait sa touillette en plastique dans son café, genre l'espion qui vient du froid.

C'est sans doute à ce moment-là qu'il a commencé à me prendre en grippe. Par la suite, j'ai bien vu qu'il ne comprenait pas qu'un agrégé ne demande pas sa mutation pour un lycée ou un collège du centre-ville.
J'échappais à sa logique. Il est devenu agressif.
Des remarques sur des oublis, des retards, des erreurs. Je n'ai pas percuté tout de suite. Je m'excusais, je promettais de faire attention. Très rapidement, il a franchi un palier supplémentaire : il m'obligeait à le suivre dans son bureau, fermait la porte pour que sa secrétaire n'entende pas. Et me cuisinait sans relâche.
Un matin, en le voyant sourire sur les marches de l'escalier, j'ai compris qu'il éprouvait une certaine jouissance à me harceler pour me faire courber l'échine.

M'est venue à l'esprit la scène d'un film, où des malfrats enterraient vivant un de leurs ennemis dans une fosse qu'ils venaient de creuser. L'idée a germé. Au début j'ai pensé aller acheter une bêche à Conforama. Puis, je me suis calmé. Pour simuler un accident, il fallait faire simple. Les escaliers en pierre du collège. Il ferait une mauvaise chute. Si j'étais assez malin, on ne ferait pas le rapprochement avec moi.

Je me trouvais tout un tas de bonnes raisons.

J'étais un sauveur. Le héros des temps modernes. J'allais faire le ménage, éliminer une personne toxique de la surface de la terre, aider par anticipation des collègues car fatalement après moi il s'en prendrait à d'autres. Par moments même, j'allais jusqu'à imaginer qu'en supprimant le nuisible, peut-être que les cartes du jeu pourri qu'on nous avait distribuées, à Lina et moi, seraient rebattues, et que la vie – celle d'avant, celle des jours bénis – nous reviendrait en cadeau. Une sorte de retour d'ascenseur après un service rendu à l'humanité. C'était sacrément infantile.

Il n'empêche, un jour, à la pause, alors qu'il me serrait la pince, en me susurrant un sempiternel *je-ne-sais-pas-si-je-vous-ai-déjà-vu-ce-matin,* je l'ai affublé d'un surnom, Robert-la-Fouine. C'était sobre et imagé. Presque écolo.
La fouine est un petit animal cruel et sournois.
La truffe toujours à l'affût, elle a le regard vif d'un rapace.
En sourdine, la voix bourdonnait, *Décide-toi, mec, casse-lui les reins.* L'esprit en surchauffe, je me suis mis à peaufiner les détails du plan, les horaires, le choix du jour, les chaussures à porter, mon alibi.

Souvenir d'un journal que j'ai décidé de tenir. Il me fallait ralentir avec l'alcool. Première ou deuxième tentative, je ne sais plus. L'objectif était de noter sur un agenda mon état d'esprit au jour le jour et l'évolution du sevrage. Enfin, c'était l'idée de départ.

Lundi
Mon pauvre cerveau carbure à la haine. C'est mon moteur. Je les hais tous, du bas jusqu'en haut de l'échelle, les agents d'entretien, les surveillants rebaptisés assistants d'éducation, la Fouine, les collègues moutons bêlants, les élèves, l'abruti de CPE. Me suis écroulé dans mon fauteuil en rentrant du collège, je voyais la tête du chef et juste après, le visage émacié de Lina, ses lèvres blêmes, gercées. Impossible d'aligner deux idées. Le silence grésillait dans ma tête. Au pieu à 19 heures.

Mardi
C'est décidé, j'arrête de boire, sinon je vais y rester. Hier soir, j'entendais des bruits venant de la porte d'entrée. Ou du fond de mon cerveau sûrement plein de trous. Ai fini la nuit terrorisé, roulé en boule dans mon lit.

Mercredi
Journée agitée, pluie et vent. Les vieux démons me harcèlent. Pas la tête à penser au plan. Besoin urgent d'un petit remontant. Lina a un regain d'énergie, elle dit que mon livre

lui fait du bien. Me le raconte par épisode. Hans Castorp dans son cabriolet jaune. Le sanatorium. En rémission ?

Jeudi
Ce matin, en cours, des difficultés d'élocution, ça n'allait pas, j'étais lent, imprécis. Les élèves m'ont regardé bizarrement. Ne veux plus y penser. En soirée, je suis allé faire des courses, des fruits et des légumes bio. Dois manger sainement.

Vendredi
Légère activité cérébrale. Quelques pages de *Crime et Châtiment,* le chef-d'œuvre absolu. Subtilité et justesse des personnages. Une énorme souffrance pourrait-elle mener à la rédemption ? L'after-shave bon marché du chef stagne dans mes synapses.

Dimanche
Ai dormi dans mon fauteuil. Les copies attendront...
Dirai que j'ai oublié...
Ne pense plus qu'à boire. À l'intérieur, une lutte sans merci. Je tremble de rage, d'épuisement. La folie rode sur mon paillasson.
Ai craqué en fin de soirée. Le claquement familier des culs de bouteille sur la table.

Mon Max,

La force me manque, je lis en diagonale. Chapitres trop longs, tous ces personnages, je me perds…
Alors, je picore…
Là, c'est la fin du chapitre *Nuit de Walpurgis,* veux en savoir plus… l'histoire d'amour… Hans et Clawdia Chauchat, aux yeux de loup des steppes.
Surligne des passages.
Quand j'ai la force, je réécris.

« Je t'aime, je t'ai aimé de tout temps, car tu es le toi de ma vie, mon rêve, mon envie, mon éternel désir. »

Dieu que c'est beau.
Mon éternel désir...
Ma main sur la couverture pour que le texte me traverse, infuse… que les mots me donnent la force…
Mal à la tête… fatiguée.

Lina

La Fouine n'est pas un mauvais bougre, je l'ai peut-être diabolisé. Souvenir d'un vendredi soir, avant l'affaire Ariane. La semaine au collège avait été rude. Vol du portable d'un prof, alarme incendie déclenchée, élèves blessés dans les bousculades, SAMU.

Je range mes affaires dans mon casier. La salle des profs est déserte. La Fouine, debout devant la fenêtre, observe la cour, en contrebas.

— Quelle foutue semaine, soupire-t-il.

Je le regarde, et je crois que pour la première fois, je perçois l'homme derrière la fonction. Un homme dépassé et si triste, ai-je pensé. Oui, la bouffée d'empathie m'a étonné moi-même. Presque eu envie de l'écouter, de m'épancher, de partager des choses. À cet instant, il y a chez lui quelque chose d'inaccompli et une sorte de mélancolie que je n'ai jamais perçue auparavant. Il regarde les élèves se castagner dans la cour, et semble prendre conscience de l'inutilité abyssale de sa mission.

Les avis d'incident, les rapports, une vie de gratte-papier et de Père Fouettard. Les profs, des fainéants toujours à se plaindre, quand ils ne sont pas totalement irresponsables comme l'autre dingue. Les parents vindicatifs et pointilleux, qui me rendent responsable des « dysfonctionnements majeurs », comme ils disent sans jamais apporter de solutions. Pas ce que j'avais imaginé. Vais y laisser ma santé. Les semaines se suivent, une éternité d'emmerdes en copié-

collé. Elle a raison, Jocelyne, j'ai peut-être pas fait les bons choix, j'aurais dû partir dans le privé comme Bellamy et Coste. Et maintenant, voilà, c'est cuit. Plus qu'à attendre la retraite misérable.

Brusquement, la Fouine se retourne comme on émerge d'un mauvais rêve et, en plissant ses petits yeux, s'approche de moi pour fourrer sa main dans la mienne. Petite et sèche, elle me fait penser à la patte d'un animal.

— Vous avez fini, eh bien, vous en avez de la chance, bon week-end !

Pauvre sourire cabossé.

Dans ma tête, je renonce temporairement au plan d'élimination, on ne tire pas sur l'ambulance.

Mon Max d'amour,

Je vais mieux. Pour combien de temps ? Souviens-toi, Max, tu disais plus de vingt ans d'écart, c'est trop. Au final, tu vois, la vie m'a envoyé une maladie de vieux.

Après ton départ, essayé d'écrire mais n'y arrivais pas. Lire non plus. Trop fatiguée. Camille m'a prise dans ses bras. J'ai pleuré, mes yeux tout bouffis. Arrêtez d'écrire, reposez-vous, elle a dit. On a discuté du carnet.

Le changement d'écriture, c'est elle. Elle m'a proposé de le remplir à ma place. Elle a dit, Le temps, on le prendra, pas de problème. Douce et téméraire cette femme, je l'aime bien.

Elle vient en début d'après-midi, le service est plus calme.
Je dicte, elle note.
Elle a été honnête, Vous savez je ne suis pas très douée en orthographe et les conjugaisons, c'est pas mon fort non plus, ça va lui piquer les yeux à votre amoureux. Il est prof, non ?
On se raconte des trucs de filles. Sa vie. Ses déboires avec les hommes qu'elle choisit trop mal. Je lui ai prêté des romans de la rentrée littéraire. Ses retours m'ont fait rire. Sur Amélie Nothomb, elle a tordu la bouche, je sais pas ce qu'on lui trouve. Sur *Profession du père,* de Sorj Chalandon, elle était totalement sous le charme, Avec

son psychopathe de père, il s'en est plutôt bien sorti et il écrit trop bien, j'ai versé ma petite larme.
On papote.
Elle est devenue mon amie.

Lina

Les montagnes russes. L'état de Lina s'est brusquement aggravé. Elle a été transférée dans le service de soins palliatifs dans une clinique du IXe arrondissement. Les soins palliatifs, ils vont bricoler, acheter du temps, et patienter. Elle a décidé d'arrêter les traitements et de laisser faire la nature. J'ai tout essayé mais elle s'obstine.

Il est autour de midi, c'est un mercredi.

Entretien rapide avec Mme Grange, la surveillante générale, Plusieurs jours que vous ne l'avez pas vue… ça s'aggrave, voix feutrée du reproche.

J'entre dans la chambre. Lina dort. Le livre n'est plus sur la table de nuit. Je l'embrasse, elle sursaute.

— Ah… c'est toi. J'avais oublié… quelle heure …

Phrasé lent, comateux. Œdème à l'œil gauche.

— Comment ça va ?

— Souffre pas trop… ma petite pompe à bonheur me fait planer grave… oublie tout… prends pas tous les comprimés, ça passe pas… j'les fous dans le vase… t'as vu la gueule des fleurs ?

Assis sur le fauteuil en simili cuir beige en face d'elle, je suis comme un pilote en perdition sur un siège éjectable. Avant de m'asseoir, je me suis frictionné les mains de liquide antibactérien deux fois, l'esprit bloqué, et, j'en suis sûr, le visage éclairé par un sourire de faux cul. Elle scrute mes yeux. Et, forcément, elle doit voir la peur monter, se vriller, et s'enrouler sur elle-même.

Elle parle lentement, du mal à articuler, J'ai mal partout, je peux plus lire.

Quelques semaines auparavant, son œil gauche était parti se terrer au fond de son orbite. Quand ils avaient parlé de lui faire une injection, elle avait répliqué, je me souviens du ton plein de morgue, Hors de question, pourquoi pas un coup de poignard en plein cœur !

Sous mon pull, je suis en nage. Je m'entends prononcer des mots creux, qui résonnent de toute leur nullité contre les murs de la pièce.

— Et toi, comment s'est passée ta journée ?

Elle soulève sa chemise de nuit en souriant comme le font les personnes âgées, qui veulent vous prendre à témoin de leur déchéance, et de celle qui vous attend.

— Regarde, je suis devenue une Avatar, mon ventre est tout bleu. Ah, il faut choisir, c'est le ventre ou les escarres...

— Qu'est-ce que tu as fait ce matin ?

— Ce matin ? Ah, oui... allée en radiologie... horrible... je sortirai plus... Le fauteuil à roulettes... L'infirmier, un fou furieux qui se croyait dans un rallye. Froid glacial dans les couloirs... Un bruit infernal. Au retour, nausées et vomissements... Non, je sors plus. Tout ce qu'il me faut ici... Et toi, ton chef ?

— Oh, la routine. Il m'oublie un peu. C'est juste qu'on attaque les conseils de classe, alors c'est un peu la course.

À 12h30, l'infirmière entre avec le plateau repas. Elle le pose sur la table mobile qu'elle a poussée devant Lina. Sur sa blouse, un badge. Nelly a l'air tendue ; elle sait qu'elle a peu de temps, les urgences, les sonnettes. Assise sur le bord du lit, elle étale un linge sur la poitrine de Lina et attrape la cuillère.

Je vois Lina s'étrangler avec la purée.

L'infirmière fait mine de la gronder, Il faut faire un effort, Madame, c'est ça ou la sonde.

Subitement, je percute. Depuis mon fauteuil, la nausée monte. Dans un mouvement réflexe, je me lève pour attraper manteau et écharpe sur la patère. Nelly se raidit, me harponne du regard.

— Non, non, mais restez, au contraire, dit-elle, peut-être qu'avec vous, ça se passera mieux.

J'évite son regard.

— Non, désolé, c'est pas possible, j'ai cours.

Je me penche pour embrasser Lina.

Elle agrippe mon écharpe, et la tire vers elle.

Je vois dans ses yeux la peur, raide, solennelle. Irréductible.

— Reste, s'te plaît… ne pars pas, reste.

— Désolé, je peux vraiment pas.

Et je tire, oui, je tire pour dégager sa main, je suis à la porte, je cavale en rasant les murs de l'hôpital.

L'autre me soutient, *De toute façon, tu peux plus rien faire pour elle.*

Les jours qui ont suivi, je me dégoûte.
Je suis un traître, le dernier des lâches, un monstre.
La seule chose qui me vient à l'esprit c'est ce que ma mère répétait en toute occasion, N'écoute pas les autres. Laisse-les se débrouiller avec leur problème.

En pensant à elle, je me revois enfant.
Ma mère me faisait parfois peur.
J'entends encore sa voix, les mises en garde, les angoisses, les hantises qu'elle ne pouvait s'empêcher de transmettre. Je la revois mouiller son mouchoir contre ses lèvres pour me débarbouiller, Tu t'es encore mis du chocolat de partout. Sa salive. L'odeur âcre. Le dégoût montait dans ma gorge. Et, juste derrière, la honte.

L'enfance, ça vous colle au cerveau.

J'ai été élevé comme un enfant modèle. Un de ces enfants solitaires, qui engrange sans moufter. Je sentais un poids, quelque chose qui pesait sur moi, m'engourdissait. Je ne pensais pas, j'existais à peine.

Est-ce qu'on sort indemne de son enfance ?

Plus tard encore, je vois ma mère à l'œuvre quand mon père se casse le col du fémur. C'est dingue mais vous vous accrochez à l'idée que vos parents sont des gens aimants, sinon où irait-on, il faudrait revisiter l'éducation qu'on a reçue, et tout ce dont on a hérité sans pouvoir le renier. Bref, on n'est jamais prêt à ça.

Le père a glissé sur la terrasse dallée de leur maison en Ardèche, un matin de brume verglaçante. Il voit probablement dans un éclair de lucidité se profiler l'enchaînement inéluctable, SAMU, ambulance, médecins, hôpital, examens, opération, douleur, immobilisation, séquelles, béquilles. Il se traîne depuis la terrasse, en se tenant aux murs, jusqu'à son fauteuil dans le salon. Il attend que sa femme, anesthésiée par les somnifères, se réveille.
Elle râle parce qu'il aurait quand même pu *faire attention.*
Il prend le téléphone pour appeler le 15.

Très vite, la mère arrête les visites à l'hôpital. C'est pas de sa faute, elle traverse une mauvaise passe. Des empêchements à répétition, la chaudière à changer, un rhume, la voiture en panne.
Et puis, sur la fin, quand il est question de reprendre le père à la maison, il y a la lettre.
Celle qu'elle a envoyée au médecin de la maison de convalescence – il m'a contacté – pour lui expliquer qu'elle était trop fatiguée pour s'occuper d'un homme convalescent. Elle demandait qu'ils le gardent.

Je suis comme tout un chacun, j'ai hérité de mes parents. Et un héritage ça ne se refuse pas.
On est forcément de la même engeance, ma mère et moi. En moi, une partie de ses gènes.
En moi, un durcissement intérieur, un état de congélation, une absence d'empathie pour les autres.
En tirant sur l'écharpe, j'ai reproduit, répliqué le schéma maternel. J'ai choisi la fuite plutôt que de réconforter Lina.

C'était insupportable, j'ai refusé d'y penser plus avant.

J'ai mis fin aux atermoiements et finalement renoncé à poursuivre la thérapie. Je reprendrai peut-être d'ici quelque temps, c'est trop dur en ce moment, ai-je dit au psy, au téléphone. C'est vous qui voyez, a-t-il répondu sur un ton neutre, lourd de menace.

La fin approche. Lina n'est presque plus. Elle s'affaiblit de jour en jour, ne tient plus une conversation, s'endort au milieu d'une phrase, perdue dans les limbes. Je m'acharne à lui raconter les petites choses de la vie, comme on le fait avec ces malades plongés dans le coma qu'il faut stimuler.

Je finis la gorge sèche,
serrée comme si on me vissait un écrou.

Personne ne peut comprendre.

My love,

Grosse fatigue, à peine assez de jus pour dicter.
Souvenirs… Notre voyage à Rome, tu te souviens ?
L'hôtel dans le quartier du Trastevere, la lumière dorée le soir sur les façades, l'élégance des femmes. Et au Colisée, les bandes de voyous roumains, au pied du monument rond…
J'ai mal à la tête. De la fièvre. Une vilaine grippe. Ils ont changé mes antibios…
Je pense à toi.
Souvent.

Lina

Le sort s'est acharné. Il y a eu l'accident au collège. Je me revois ce mardi, claquer la porte de l'appartement derrière moi. Fermer les deux verrous. Allumer la télé pour entendre des voix. Le journaliste sur France 24 parle du Brexit. David Cameron a obtenu des concessions de la part de l'UE. Sa dernière phrase claque comme un camouflet à l'Europe, *I don't love Brussels, I love Britain.*

Je n'arrive pas à chasser cette putain de journée de mon esprit.

10h10, les élèves de 4°7 entrent dans la salle dans les cris et hurlements habituels. Ariane, une adolescente instable au look gothique s'affale sur sa table. Jennifer, sa copine, me rassure, Vous en faites pas, je m'occupe d'elle.
Cinquante minutes plus tard, quand la sonnerie retentit, Jennifer se met à hurler qu'elle s'est évanouie. Elle a peur. Ariane est inerte, la tête couchée sur la table, filet de bave.

Des collègues entrent. On allonge Ariane sur le lino. Elle est inconsciente. Malgré les questions en rafales, Jennifer refuse d'expliquer ce qu'Ariane a avalé, elle répète en boucle qu'elle n'est pas une poucave.
Ariane s'enfonce. On appelle le SAMU.
Le principal débarque, il exige un historique. Furieux et congestionné, il se tourne vers moi et hurle, Allez prendre vos élèves, vous en avez assez fait pour aujourd'hui.
Je ne me rappelle pas avoir descendu les escaliers. Et pourtant, je me retrouve hébété et en sueur au rez-de-

chaussée, nez à nez avec un élève qui vient d'ouvrir la porte, donnant sur la cour, Ah, c'est vous, dit-il, on voulait savoir si vous étiez là.

Le pack de bières est là, sur la table. L'autre appuie là où ça fait mal, *T'es cuit, mec, le nuisible connaît toutes les ficelles, ta vie professionnelle est fichue.*

Sans surprise, je me retrouve le lendemain dans le bureau du chef. Dès le pas de la porte, son regard cadenassé, l'odeur de son aftershave boisé me donnent la gerbe.

Après des banalités d'usage, il entre dans le vif du sujet et je comprends pourquoi j'ai été convoqué. Une sorte de bug se produit dans ma tête, je ne l'entends plus distinctement. Sa voix m'arrive comme à travers une radio pleine de parasites… Ariane Bourdin… service des TS… Edouard Herriot… une semaine à l'isolement. Il reprend plus fort.

— À la rentrée vous avez reçu, dit-il, comme tout le monde, le rapport de l'infirmière sur cette élève, vous étiez au courant qu'elle était fragile, n'est-ce pas ?

— Oui, bien sûr, je savais.

— Ma question est simple M. Desmaret, comment avez-vous pu garder dans votre cours une élève visiblement dans un état second ? Pourquoi ne pas avoir prévenu les surveillants ?

L'impression d'être interrogé par la Stasi.

Pas grand-chose à dire pour ma défense. Je sens planer au-dessus de moi un nuage noir de sanctions, avertissement blâme, mise à pied, mutation, radiation, sans la moindre idée de la gradation.

Stylo en main, la Fouine tapote son bloc-notes. Tac. Tac. Tac. Il me fixe de ses yeux meurtriers comme s'il voulait me réduire en poussière par la force de son regard.

— Je vous rappelle que vous êtes responsable de vos élèves, ça fait partie de vos missions que d'évaluer la gravité d'une situation, n'est-ce pas, M. Desmaret ? Ne serait-il pas judicieux d'envisager un virage dans votre carrière, une nouvelle orientation ? On peut vous accompagner dans cette démarche. Vous savez, l'administration n'a pas l'habitude de laisser les gens sur le bord de la route.

Le bord de la route…
vous accompagner…

Le sol s'ouvre sous mes pieds. Les nuits sans sommeil, la boisson, les médocs, Lina en chute libre. Devant moi, il y a un cadre photo en métal et juste à côté, un presse-papier au sommet d'une pile de dossiers.

— Alors, comme nous sommes en manque d'effectif au CDI, j'ai pensé à quelque chose. Vous pourriez apporter votre aide à Madame Ratier. J'en ai déjà parlé au rectorat. On transformerait votre poste – par contre ce ne serait qu'à mi-temps – et vous seriez assistant au Centre de documentation. Plus en contact direct avec les élèves. Prenez le temps de réfléchir, c'est une occasion à saisir.

Il est là, les fesses calées dans son fauteuil, à me toiser, m'humilier tranquillement.

Je vois rouge.

À l'intérieur de mon cerveau, la voix éructe, *Vas-y Max, fonce-lui dans le lard !* Je bondis du fauteuil, saisis l'objet, et presque sans effort, je le laisse tomber sur son crâne. Bam. On entend le bruit mat du presse-papier sur l'arcade sourcilière, le sang gicle, coule sur son polo beige. Les yeux écarquillés, il ouvre une bouche de carpe asphyxiée.

— Mais… mais… qu'est-ce qui vous prend, beugle-t-il juste avant de glisser sous le bureau en poussant un râle idiot. Bureau que je contourne pour aller lui mettre les points sur les i.

— Tu te dis, il est fou ce mec, il pète un boulon mais mon pote, tu l'as bien cherché, et puis ça va te faire réfléchir.
Je sors un mouchoir usagé d'une poche et le lui fourre dans la bouche. Avachi sur sa moquette immonde, il me lance un regard de bête prise au piège, en comprenant qu'on a inversé les rôles.

Évidemment, le monde étant ce qu'il est, les choses ne se sont pas déroulées ainsi. Le téléphone a retenti. La Fouine a regardé sa montre et décroché. Il a précisé à son interlocuteur de le rappeler. Et en se tournant vers moi, a ajouté :
— Je vous conseille d'aller voir votre médecin. Et, surtout, un arrêt maladie long, sinon on n'aura pas de remplaçant. On fera le point ensemble à votre retour.

Je suis rentré chez moi anéanti, comme un boxeur après un combat durant lequel il se serait couché. Je voyais les yeux égarés de Lina, ses traits creusés, ses mains gonflées par la morphine. Bientôt, le cerveau allait s'éteindre comme une ampoule qui claque.

Deux jours après l'entretien dans le bureau du chef, mon portable sonne à 21 heures. C'est l'appel. Celui auquel j'ai pensé si souvent et tellement imaginé que j'avais fini par croire qu'il n'aurait pas lieu. Sur la route vers l'hôpital, je fonce, je brûle les feux, je mords la ligne jaune. C'est pas possible… pas déjà…

Maria, l'infirmière, voix neutre, factuelle, m'informe dès mon arrivée, On a lancé le protocole comme convenu. La dose de morphine a été augmentée pour qu'elle nous quitte en douceur. Ses parents doivent arriver dans la nuit.
Mon cerveau refuse de comprendre.

Dans la chambre, rien n'a changé. Le lit immaculé. La télé en sourdine réglée sur Jazz radio. Le bruit régulier des appareils électriques. Les draps, je m'en souviens, extrêmement blancs.
Sur les draps, ses mains posées comme celles d'une statue.
La bague en argent, que je lui ai offerte pour son anniversaire, repose en deux morceaux dans une soucoupe sur la table de nuit.
Miles Davis joue *Time After Time*.
Son solo me troue le cœur.
Putain, t'as rien vu venir, elle s'en va, t'as rien vu venir.

Je la prends dans mes bras. Je sens ses côtes plier sous mes paumes. Elle n'est plus consciente mais je lui parle. Elle ne peut plus répondre mais je lui parle. On est à l'heure où s'ouvrent les portes entre les mondes. À l'heure du grand passage. Quand je la repose dans le lit, sa tête bascule en arrière.

À l'aube, je suis écroulé dans le fauteuil. Maria me tapote doucement l'épaule. J'émerge le cerveau en plein brouillard.

— C'est fini, Monsieur.

— Comment ça fini ?

Elle fait une sorte de grimace, la bouche en berne.

Devant le lit, une grande femme brune, les cheveux roux en broussaille, se penche, elle parle à Lina. Un petit homme rondouillard tire la femme par la manche de son pull, Laisse, Maryse, tu vois bien que c'est terminé. Mais la femme recommence.

— Lina, s'il te plaît, donne-nous le code de ton portable, fais un effort, Lina, s'il te plaît.

Quand elle éclate en sanglots, l'homme la conduit dans le couloir.

En passant, il me fusille d'un regard de hyène.

Maria, dans le couloir, me propose de monter dans le service d'accompagnement psychologique de l'hôpital, Ils ont une permanence ouverte toute la nuit. Il faut vous faire suivre, insiste-t-elle.

Je réponds, Non merci, ça va aller, quand dans ma tête, traînent des idées noires comme la suie. Envie de rejoindre Lina, tout de suite. Pour ne pas vivre les secondes, les minutes qui viennent, pas sans elle. J'imagine comment en finir, sans faire d'esbroufe, dans la dignité.

À cet instant, perdu dans mon désespoir abyssal, je ne peux pas savoir que Lina va continuer à vivre en moi. Que rien n'est définitif.

Dans le couloir, je sens une présence. Je me retourne. Camille est là, à m'observer derrière son carré à la Louise Brooks. Elle me tend un carnet rouge, Tenez, il est pour vous, c'est ce qu'elle voulait.

Mon nom est inscrit sur la couverture. Le titre, *Chronique d'une mort heureuse.* Je reconnais son écriture. Et brusquement, mon cœur s'élargit. Je vois tout de suite le clin d'œil à Camus. L'humanité camusiène s'engouffre tout entière dans ma tête.
En gagnant la sortie, le carnet en main, je souris à travers mes larmes.

Je m'attarde sur le parking à l'heure violette du crépuscule pour prendre des photos, elle a toujours adoré les couchers de soleil. Et je compose son numéro sur mon portable pour entendre son annonce d'accueil.
Le rituel s'installe.

De l'enterrement, il me reste peu de choses. Les croque-morts endimanchés des pompes funèbres, les collègues de Lina qui portaient le cercueil dans la travée de l'église, l'humidité glacée, les condoléances, les poignées de mains, la vacuité des mots, la maladresse de ceux qui tentaient de donner du sens à ce qui n'en a pas.

Contre toute attente, je m'en sortais pas trop mal. Je tenais le coup, même si, par moments, j'avais un doute, Était-ce bien moi, debout à côté du cercueil en chêne blond ? L'impression bizarre d'être dans une sorte de coma éveillé. Pas de larmes, aucune tristesse, comme si la réalité n'était qu'une illusion, une pièce de théâtre dans laquelle chacun jouait son rôle. Et le mien consistait à me montrer fort, à tenir bon, j'en aurais presque consolé les autres, même si, en fond de cour, cette étrange absence d'émotion me semblait de mauvais augure.

Le spectacle se déroulait sans ambages, tiré au cordeau par les dames de la paroisse. Le prêtre avait offert des garanties rassurantes. Elle serait accueillie au royaume des Cieux par Dieu et ses anges, placée à sa droite ou à sa gauche, je ne sais plus.

On a chanté *Jésus, Dieu de miséricorde*, entendu l'Évangile. On a prié. On a écouté des discours. On a communié. Enfin les autres. Petite génuflexion, l'hostie sur la langue et le corps du Christ impitoyablement sucé, mâchouillé, et avalé, pour finir en fermentation dans les entrailles des repentis.

On se levait. Signe de croix. On se rasseyait. C'était sans fin. Les fidèles ont repris le refrain *Kyrie, Kyrie, Kyrie eleison* deux fois avant que l'organiste sur la fin n'attaque le *Lacrimosa* du requiem de Mozart, comme annoncé sur la brochure. J'ouvrais la bouche, on aurait pu croire que je chantais.
Je repensais à mes vaines prières.

Le trou était sur la droite dans la deuxième allée du cimetière de La Mulatière. Sylvie B., une collègue d'anglais, avait acheté des roses blanches. Elle faisait d'horribles bruits de gorge pour réprimer ses sanglots.
Le père de Lina a fait un discours et lu une page du *Barrage contre le Pacifique*. Sur la fin, il a chancelé. Anouchka l'a rattrapé d'une main ferme. Elle lui a chuchoté quelque chose à l'oreille. Il s'est redressé.
La mère de Lina était absente, crise de lumbago.
Le chef indisponible s'était fait représenter par sa secrétaire.
Les hommes en casquettes noires attendaient de chaque côté du trou. Les premières mesures de la chanson de Piaf ont résonné.
J'ai posé une main sur le bois du cercueil, le cœur pétrifié.
Puis, il y a eu le bruit des sangles.
Se raidir pour ne pas tomber.
Des roses jetées dans la fosse.
Les hommes en noir ont balancé des pelletées de terre sur le couvercle du cercueil.
Un fracas de fin du monde.

Quand le cimetière s'est vidé, Sylvie m'a entraîné vers la sortie, Tu sais quoi, Max, je vais passer l'après-midi chez toi. Comme tu veux, j'ai répondu – je ne reconnaissais pas mon filet de voix – mais je te préviens, j'ai rien à manger.

Elle a dit que ça n'avait pas d'importance, et elle a pris ma main qu'elle a tenue serrée dans les siennes en me regardant dans les yeux, T'inquiète, on va y arriver, tiens le coup.

Petit tressaillement dans le cortex.
Tout l'après-midi, j'ai bien vu qu'elle essayait de détourner mon attention, elle faisait diversion en me parlant de sa famille, sa passion pour la cuisine, la couture, cet élève qui lui posait problème en 5°5. Mais je n'étais pas très réceptif, je me sentais seul, loin, je répondais à peine.

Ce n'est que bien plus tard que j'ai compris à quel point Sylvie m'avait aidé à passer cet après-midi, comme d'autres au-delà. Par sa simple présence, ses mots, elle me faisait comprendre qu'elle se préoccupait de moi. Elle suggérait que les choses iraient mieux. Plus tard. Elle me détournait de ma rumination morbide en me distillant des petites phrases de réconfort, qui semblaient alors sans importance mais que j'allais convoquer à la manière d'un mantra par la suite.

La solitude avait été mon refuge depuis l'enfance, depuis toujours, une posture qui maintenait entre le monde et moi, entre les autres et moi, comme une distance de sécurité minimale. Protection ou enfermement ?

En voyant Sylvie s'affairer dans ma cuisine autour du gratin de pâtes, qu'elle avait cuisiné, le doute s'est invité. Était-ce la seule voie ?

Après l'enterrement et un arrêt de maladie de quinze jours, mon retour au collège est pathétique.
Il est 7h50.
À ma descente du bus devant Lidl, j'entends le cri d'un élève de 5°3 qui braille, Putain Désmarpas revient, et les hurlements de ses potes épouvantés. Je serre les dents. Accueilli en haut des escaliers par le chef, debout, jambes écartées, rictus de fourbe, Alors, ça va, on a la forme. J'ai les jambes qui flageolent.

En un éclair, tout me revient, la convocation, l'ultimatum, son absence à l'enterrement. Dans ma bouche comme un goût de métal rouillé ou de soufre, c'est amer.

À 12h15, Françoise D., prof d'espagnol, a organisé un pot dans la salle des profs pour fêter son admission à l'agrégation interne. C'est l'occasion de faire mon retour dans la communauté éducative parmi les collègues gênés, qui me regardent comme un revenant. On me tape sur l'épaule, d'autres me saluent. Je vois leur embarras dans leurs paupières qui battent en cadence, leur pauvre sourire de commande, j'entends dans le brouhaha les formules de condoléances aseptisées.

Dans la salle, tout me paraît rance et poussiéreux. Une odeur indéfinissable de plats réchauffés au micro-onde se mélange à celle du parfum dont Françoise s'est inondée pour la circonstance.

Un groupe de collègues bavarde, à voix basse autour de la table centrale, recouverte d'une nappe en papier kraft blanc. Comme autrefois, les deux clans se sont formés de chaque côté de la table, celui de Géraldine, l'équipe des fraîchement nommés – jeunesse bouillonnante, tendance tricot, coloriage Mandala et *dress code* le vendredi – et le clan de Florence, les vétérans qui observent, ahuris, ces comportements inappropriés et infantiles.
Le chef en loden vert bouteille fait une apparition éclair et pose deux bouteilles de Crémant sur la table.

— Je ne peux pas rester, on m'attend au rectorat pour une réunion sur la réforme. À moins que quelqu'un veuille y aller à ma place ?
Les fayots se gondolent.
Rien n'a changé sous le soleil.

Deux bouteilles pour quinze, il a le sens de la fête. Je reste immobile devant un gâteau au chocolat anémique et sûrement végan, à me demander ce que je fous là. Autour de moi tournent les litanies habituelles sur les effectifs, les élèves, le niveau scolaire, la réunionnite aiguë, et les tonnes de copies.
Le sol bouge sous mes pieds.

Une fois l'apéritif expédié, je m'assieds dans l'arrondi de la table, à côté de Carla, rousse et flamboyante dans son pantalon en simili cuir noir. Elle a des yeux vert clair, elle sent la vanille. C'est doux et apaisant.

— Ça va, tu vas tenir ?

— Oui, ça va aller, je réponds, en tirant sur mes zygomatiques.

— Tu devrais écrire, me fait-elle, ça te ferait du bien.

— Comment ça ?

— Oui, mettre les choses sur le papier, ça aide à relativiser, à prendre de la distance.

Le groupe de jeunes profs s'agite comme des adolescents en colonie de vacances. Ils ont sorti des Buds qu'ils avaient planquées dans le frigo. Je me dépêche d'en prendre une. Au bout de dix minutes, c'est la foire, la table tremble comme sous l'effet de secousses sismiques.
Si les élèves nous voyaient…

Mon portable vibre dans ma poche. Coup d'œil à l'écran au moment où Françoise reçoit une multitude de petits cadeaux merdiques, emballés dans des chutes de papier cadeau de Noël.
Un mail de la Maif, Assureur Militant, me propose de décharger ma famille du financement de mes obsèques. *Des garanties obsèques adaptées à vos besoins.* Ils entendent faciliter les démarches administratives. L'accroche publicitaire est condensée dans un slogan frappé au coin du bon sens, écrit en lettres capitales.
TOUT RÉGLER ET NE PLUS Y PENSER.
Du mal à réprimer un sourire.
Putain, ils ont tout compris.

En rentrant du pot, dans la solitude grise de mon appartement, gros passage à vide. Le chagrin en circuit fermé. Je revois les yeux de Lina me supplier, je la revois tirer sur mon écharpe.

L'écharpe que j'ai jetée en boule dans le vide-ordure, à l'étage.

Et sa voix.

Reste, s'il te plaît.

Je me revois filer comme un boulet de canon dans les couloirs.

Images insupportables, qui cognent.

La fenêtre est ouverte. Dans la rue, une moto pétarade. Des gens s'interpellent du balcon, il est question de se retrouver devant chez Lidl à 9 heures.

Un stylo et un bloc-notes traînent sur le bureau. Je prends le stylo, histoire de calmer mes mains, qui ont la tremblote.

L'effroi dans sa voix…

Reste, s'il te plaît.

Le stylo, c'est pour ne pas sauter. Oui, j'y ai déjà pensé. Plusieurs fois. Pensé aux trois étages qui me séparent du sol, à la vitesse d'un corps qui tombe, quelques secondes et le corps s'écrase sur le bitume. Une douleur fulgurante mais presque aussitôt la délivrance. Plus d'idées noires, fini le chagrin, terminés les remords, la peur. Rien. Plus rien.

Dans la brume, la voix perlée de Lina.

Il faut aimer la vie, Maxou.

J'approche le bloc.

Je ne sais pas comment j'ai tenu. Dans les jours qui ont suivi, j'ai écrit mais c'était convulsif, des mots éparpillés, des phrases sans verbes, mes larmes tombaient, le papier gondolait.

En coulisse, il n'y avait plus que l'alcool et moi. Comme un duo méphistophélique. J'avais trop tiré sur la corde avec de courtes périodes de sobriété suivies de semaines de consommation effrénée. Et rapidement, j'ai perdu le contrôle. Mon corps s'est rebellé : sueurs froides, tremblements, dégoût de la nourriture, insomnie, dépression. Je touchais le fond.
Les amis inquiets se relayaient au téléphone pour prendre de mes nouvelles. Ils parlaient de Lina au passé. Je les détestais. Ils ne comprenaient pas que je ne pouvais pas aller plus vite. Ils ne comprenaient pas qu'on ne se remet pas d'un deuil aussi vite que d'une grippe.
Ils appelaient, je laissais sonner.
Au collège, ça a commencé à se voir.
J'avançais au radar. Je ne sais plus qui m'a proposé de garder ma classe pendant une heure pour que je puisse aller boire un café ou à l'infirmerie, Tiens bon, c'est bientôt la fin.

Le premier jour des vacances de Pâques, je me réveille à l'aube en sursaut dans mon lit. Je devrais me sentir délivré mais un sifflement suraigu me vrille le cerveau.
Casse-toi avant qu'il soit trop tard, hurle la voix.
J'essaye de réfléchir mais là, allongé dans mon lit, à scruter le plafond, c'est le trou noir. Toute la journée de la veille, le dernier jour de cours, a disparu de mon disque dur comme si elle n'avait jamais existé.

Dans le miroir de la salle de bain, sur ma joue droite, des égratignures. Quelques flashs brumeux, des cris, une lutte mais les images s'effilochent. Rien ne prend forme.
Je touche ma joue. C'est rouge et sensible comme la douleur que provoque un contact violent avec l'asphalte.
Ai-je commis l'irréparable ?

Il me faut une douche, un vieux sandwich, un fond de bouteille de vodka pour assourdir la voix qui braille dans ma tête. Je dois mettre les voiles. Et au plus vite, sinon je vais finir arrêté un beau matin par un policier goguenard. Le froid minéral des menottes sur mes poignets... la voiture dans laquelle on me poussera... l'interrogatoire sous le néon parce que l'inspecteur aura trouvé un faisceau d'indices concordants.

Vers 10 heures, j'attrape mon casque, posé dans l'entrée et file vers l'agence de voyages de la Fnac Bellecour. C'est une décision irrationnelle comme le sont parfois les fulgurances censées remettre les pendules à l'heure, et qui chamboulent une vie. Je sais bien que c'est une idée reçue que de croire qu'en se parachutant à l'autre bout du monde, on solutionne les problèmes, mais je fais semblant d'y croire.

Comment j'ai opté pour un circuit organisé aux antipodes de ma conception des vacances reste un mystère. J'étais dans l'urgence, il fallait agir vite avant de me faire rétrograder ou mettre en cabane. La commerciale avait une voix de sirène. Dans l'état de demi-zombie où j'étais, le circuit intitulé *Sur la route de l'Ouest* a éclairé une zone opaque de mon cerveau. On allait suivre une route, c'était rassurant. Je me suis revu gamin, assis à l'arrière de la 404, mon père sifflotait, le coude calé sur le rebord de la fenêtre, et moi, aux premières loges, je respirais les volutes de fumée de sa cigarette. Des Royale Menthol, ça me revient.

La vie se décide parfois en quelques secondes.
J'ai signé le contrat, fait défiler dans ma tête la check-list des préparatifs. La commerciale, trop contente de décrocher un contrat de si bonne heure, continuait à me faire l'article, Vous verrez, vous allez être conduit sur des sites prestigieux, le circuit est top, c'est la qualité Kuoni.

J'ai pensé à Jack Kerouac, à son roman *Sur la route,* que je me promettais de relire. La vignette ne faisait pas dans la dentelle mais on me vendait le voyage illimité dont j'avais besoin.

Un itinéraire exceptionnel, qui vous place au centre des paysages du Far West, au cœur de sites naturels prodigieux tels que le Grand Canyon, Monument Valley, et les villes mythiques, Los Angeles, Las Vegas. C'est un voyage illimité sur les traces de Jack Kerouac !

Le circuit tout compris et soldé avant le départ m'éviterait d'utiliser ma carte bleue. L'objectif était de faire rapidement partie de la liste des disparus dont on ne retrouve jamais la trace, les volatilisés, ceux pour qui on n'organise ni battue, ni marche blanche.
L'autre n'a pas pu s'empêcher de commenter mais, pour une fois, il approuvait, *Pourquoi pas la fuite après tout, il y a un certain panache à dire merde au système.*
J'ai pris le billet retour pour ne pas éveiller les soupçons.

II

C'est ainsi que je me suis retrouvé à l'aéroport de Los Angeles, à serrer les mains de parfaits inconnus, en déclinant mon identité, le crâne comprimé dans un étau. J'avais eu la bonne idée d'aller biberonner dans un bar avant l'enregistrement.

Tu connais, Lina, ma phobie pour l'avion, le monde des aéroports, les pilotes, les halls grouillants, les stewards, les hôtesses, les formalités, les files d'attente, le brouhaha et le service à bord qui ne ressemble plus à rien.
Avec Air Transat, j'ai été gâté.

Les écouteurs grésillaient. Les films en VO n'étaient pas sous-titrés. Dans la cabine, calibrée pour des lilliputiens, les hôtesses cognaient les sièges sans ménagement. Le repas a été minimaliste : croquettes véganes ou pâtes aux poireaux. Rien de mangeable. Au moment où il s'est mis à faire un froid de gueux dans la cabine, les hôtesses sont arrivées avec des couvertures payantes.
Toi aussi, tu aurais été choquée.

Je crois que c'est à ce moment-là, recroquevillé sur mon siège 45 B, côté couloir, que j'ai commencé à flipper et sans surprise, mon esprit a été assailli par des visions de crash. Un moteur avait explosé, l'avion plongeait à pic, les gens hurlaient, les hôtesses s'attachaient en panique, j'étais collé à mon siège, les masques à oxygène s'emmêlaient, c'était la guerre pour en choper un.

Sans m'en rendre compte, j'ai griffé les accoudoirs.

Il faut dire – tu vas te foutre de moi – juste avant de quitter la France, je suis tombé, dans la salle d'attente de mon dentiste, sur un vieil exemplaire de *VSD* et un article sur Andreas Lubitz, tu te souviens, le pilote soupçonné d'avoir provoqué le crash de l'Airbus A320 de la Germanwings... je sais, j'aurais dû prendre le numéro de *Sciences et Vie*. Bref, au moment où le commandant va aux toilettes, Andreas, le co-pilote en pleine dépression, et décidé à en finir, prend les commandes de l'avion et verrouille soigneusement la porte blindée de la cabine de pilotage. À son retour, le commandant tente en vain de fracasser la porte à coups de hache...
Putain, à la hache, tu imagines...

Après cette bouffée d'angoisse, j'ai lapé mon thé en tenant mon gobelet en plastique à deux mains, guettant avec inquiétude les tressaillements de la carlingue, signes avant-coureurs des turbulences. Pas très sexy le Maxou.

Après une escale à Berlin, l'avion a atterri à 18h30 à l'aéroport de Los Angeles.
À cause de l'abus de Lorazepam, mon corps pesait des tonnes, et c'est à peine si je suis parvenu à m'extirper de mon fauteuil.
Je ne ressemblais à rien.
Au guichet de la police des frontières, un officier soupçonneux a dû s'en rendre compte, et il m'a interrogé avec insistance sur mon séjour aux USA. Adresse. Nom du circuit. Coordonnées du responsable. J'ai failli faire une mauvaise blague, j'étais complètement inconscient.
Heureusement, j'ai pu récupérer mon passeport.

À l'approche du hall central, un vacarme d'enfer m'a sorti de mon brouillard chimique. Des hurlements. Une foule en liesse, des hommes, des femmes et des enfants brandissaient des pancartes, chantaient en agitant des ballons, des drapeaux américains, des musiciens jouaient un air de country. Devant moi, deux quadras au look bobo et bagages de marque, se sont arrêtés, médusés.

La femme, la quarantaine, le visage ravagé par l'abus de soleil, chevelure blond platine, jeans et lunettes Prada accrochées à une chaînette noire, a commenté, On voit qu'on a changé de continent. Le mari, atone et ralenti, a vaguement opiné du chef, il n'avait visiblement pas fermé l'œil de la nuit.

La lumière des néons m'éblouissait.

Sans réfléchir, je les ai suivis.

Au stand Air Transat, un groupe commençait à se former autour d'une grande femme à la chevelure blond peroxydé. Il y avait une sorte de fébrilité dans l'air, cette appréhension propre aux secondes qui précèdent la rencontre avec des inconnus. J'essayais de donner de la vigueur à mes poignées de mains en articulant mon nom.

La blonde, exubérante et volubile, s'est présentée.

— Comme tout le monde l'a compris, je suis votre guide.

Mon nom est Jeannine mais tout le monde m'appelle Jane.

Les pommettes hautes, de grands yeux bleu délavé et une peau claire de rousse, elle parlait avec la voix de quelqu'un qui vient de prendre deux ou trois cafés pour affronter la journée.

— Vous n'êtes que vingt-deux, ça sera facile pour vous compter.

Tout le monde a rigolé, ils étaient bon public.

J'ai commencé à me demander ce que je faisais là, tout en prenant conscience de la promiscuité induite par la formule même du circuit. Heureusement, tu étais là, ma Lina, je t'avais emmenée dans mes bagages, convaincu depuis peu que nos disparus savent nous accompagner au-delà de la mort. Et habité par cette idée lue je ne sais où : lorsque une ampoule s'éteint, il persiste toujours une lumière résiduelle. Tu étais la lueur dans ma nuit.

Depuis le hall grouillant de voyageurs, Jane a procédé à l'appel en lisant sa fiche. Elle ne citait que nos prénoms. En traversant l'Atlantique, nous nous étions transformés en adolescents en voyage scolaire. Je ne les ai pas tous retenus. Stéphane, Florence, Josiane, Ronald, plus un couple de seniors, Christelle et Robert, qui partaient en circuit pour la première fois. Elle a demandé à tout le monde de les applaudir pour les encourager.
Ça sentait le sapin.

Qu'est-ce qui lui prend de nous étiqueter senior devant tout le monde ? On aurait jamais dû noter nos vraies dates de naissance sur la fiche d'inscription. Christelle, je dis pas, mais moi, je ne fais pas mon âge, tout le monde le dit. Sauf que maintenant, c'est cuit, je vais avoir droit à leur regard de pitié comme si j'étais bon pour l'asile.

Robert, avec son sourire crispé, ses cheveux coupés court et son visage émacié, m'a fait penser au type de la pub pour la Fram, tu te souviens, le patron furibond qui vient rappeler à son employé allongé sur une plage paradisiaque qu'il faut RENTRER DE VACANCES.

Je sais ce que tu vas dire, Arrête d'imaginer la vie des gens, laisse-les tranquilles. Je te l'ai souvent répété, je n'y peux rien, ça ne m'enchante pas d'entendre leur voix dans ma tête. La plupart du temps, je préférerais me contenter de la vitrine.

Trêve de plaisanterie, vivre avec tous ces gens durant quinze jours… Il allait falloir composer, s'adapter. Être aimable, sociable, civilisé. Avec mes antécédents de vieil ermite et le chagrin qui me paralysait, l'épreuve était de taille. La forêt obscure de Dante.

En prenant place dans le bus climatisé, je me suis demandé ce qui persistait de si froid à l'intérieur de mon cerveau, la zone des relations avait toujours été réfrigérée. Il devait y avoir une explication, tu avais bien réussi, toi, à faire fondre le bloc de glace…

Le bus s'est glissé dans le flot des véhicules en direction de Los Angeles. J'ai eu l'impression d'intégrer un réseau veineux, qui s'entrecroisait à l'infini. Sensation vertigineuse d'un labyrinthe d'asphalte. Le trafic était au point mort sur les quatre voies, exceptée la *car-pool*, voie de gauche destinée aux voitures ayant plus d'un passager à bord.

On avançait par soubresauts ridicules.

Jane a collé sa bouche contre le micro. J'ai sursauté.

— Comme vous le voyez, rouler à Los Angeles devient un enfer. Autrefois, on disait que Los Angeles n'était pas une ville pour les piétons, maintenant ce n'est pas non plus une ville pour les voitures. Lol !

On pouvait parler comme une adolescente à quarante ans ? Son énorme bouche ourlée quand elle avait prononcé le mot *voitures*. J'ai eu une hallucination. Parti pour échapper à la prison, j'allais me faire avaler, absorber et digérer par une ogresse à la bouche lippue. J'ai décidé de faire ce que je sais faire de mieux, rester en retrait, observer ce microcosme de la société à distance, depuis les marges, c'était plus prudent. En dernier recours, j'avais des boules Quies dans mon sac à dos.

C'est à l'Hôtel Ramada Inn Commerce 3*, dans un hall froid et impersonnel, où flottait une odeur de détergent et de viande grillée, que s'est déroulée la distribution des clés et coupons pour le petit déjeuner. Les bobos, prénommés Stéphane et Florence, hochaient ostensiblement la tête pour montrer qu'ils connaissaient les us et coutumes des circuits. Je ne l'avais pas vu à l'aéroport mais les malheureux étaient accompagnés de leur fils, Martin, un adolescent, grincheux et mutique. J'ai imaginé les trésors d'arguments qu'ils avaient sûrement dû inventer pour le décider à venir alors qu'il avait des plans avec ses potes, et là, à voir son regard buté, j'ai su qu'il allait leur pourrir la vie.

Les membres du groupe avaient gentiment formé un cercle. Les seniors s'étaient rapprochés de Jane. En aparté, comme si on ne les entendait pas, ils se cherchaient des noises. Un truc qu'il avait dit. Le ton sur lequel elle lui avait répondu. La querelle permanente comme mode de fonctionnement du couple. J'ai capté des bribes, informaticien à la retraite, région lyonnaise, deux petits enfants a-do-ra-bles, a articulé Christelle.

Un jeune couple était assis à l'écart sur des banquettes en simili cuir. Elle, Juliette, je crois, envoyait des textos de manière frénétique sur son portable. Lui, son ordinateur sur les genoux, tentait de trouver une solution à un problème de connexion, il avait demandé le code de l'hôtel mais ça ne fonctionnait pas. Il avait le ton agacé du mec qui aurait aimé faire un tour au bar et se rendait compte que c'était mort.

Mon voisin de droite avait l'air moins bidochon que les autres. Ronald, la trentaine, visage anguleux, regard clair et franc. Un côté ingénieur des Ponts et Chaussées, plutôt sympathique. Visiblement insensible au jet-lag, il enchaînait les questions sur le programme du lendemain mais personne n'avait envie d'autre chose que d'un lit, et Jane lui a cloué le bec en propulsant d'une poigne ferme sa valise argentée vers les ascenseurs.

— On verra ça demain, mon chou, si ça t'ennuie pas. Dormez bien les amis, et pas de bêtises…

Ma chambre, au premier étage, donnait sur le parking, elle était petite et moche. Le lot des célibataires en voyage. Le climatiseur d'un autre âge bourdonnait sans rafraîchir. Assis sur le lit, j'ai fouillé dans le mini-bar, trouvé une série de mignonnettes, gobé un demi Lexomil avec une rasade de Jack Daniels très moyen. Dans le miroir sur la porte de l'armoire, ma bobine m'a regardé, teint cireux, cernes, barbe de deux jours.

Le carnet était là. Tes dernières lettres, que j'avais toujours parcourues en diagonale sans oser les lire. C'était le moment d'affronter la réalité. Plus de dates ni de signature et toujours ces ronds à la place des points sur les i.

Si je fermais les yeux, je t'entendais dicter.
Ta voix flûtée, le coup de poignard dans le ventre avant que l'alcool n'ait eu le temps de m'anesthésier.

Comment les choses avaient-elles pu s'enchaîner aussi vite ? On avait été pris dans l'œil du cyclone. Je n'avais rien vu venir. Tu m'avais attendu. Qu'est-ce que je foutais ? Où j'étais quand les médecins avaient parlé de grippe ? Rien vu venir. Tu m'avais attendu, attendu, et puis, tu avais lâché la rampe en silence, discrètement, sans faire de vague.

Les yeux brouillés. De rage. De honte.

Ce soir-là, je m'en souviens, une boule de soufre a commencé à se consumer au fond de mon ventre.

Il ne me reste plus beaucoup de souvenirs du début du voyage, je crois que je buvais trop le soir, je passais mon temps à roupiller dans le bus, les kilomètres défilaient, les états, les paysages brûlés par le soleil. Dehors c'était la fournaise, à l'intérieur du bus 19 degrés, on gelait.
Dans les chambres de motel au confort rudimentaire, c'était toujours la même tristesse, j'étais réveillé par le bruit du climatiseur que j'avais oublié d'éteindre ou le voisin qui tirait la chasse, je tâtais la place à côté de moi, vide et froide. J'étais seul. À jamais seul. Et invariablement, mon cerveau était harponné par le chagrin. C'est à peine si j'avais une seconde de sursis et ça revenait me griffer le cœur. Ça n'en finissait pas.

En ouvrant les rideaux, le ciel avait souvent une couleur de drap sale. Les journées étaient laborieuses, pleines d'ennui, je ne m'intéressais à rien. J'avais du mal à intégrer le rituel. Les déplacements en groupe. Les arrêts photos. Les buffets improbables. Les couverts maculés de bactéries. Les queues interminables aux toilettes.
Le signe de ralliement était l'ombrelle rouge de Jane, qu'elle brandissait à la tête du troupeau. Le terme est un peu péjoratif mais franchement signer pour un voyage organisé c'est accepter le lavage de cerveau. *Brainwashing,* comme ils disent.
Le voyage vous transforme. On lâche du lest, on suit le mouvement, sans discuter, décérébré, étrangement calme et souriant. On ne réfléchit plus car tout a été programmé, plus

rien à décider. C'est vrai que dans la vraie vie, à Marseille, Paris, Lyon, dans les bureaux, sur les chantiers, on fait des rapports, on demande des comptes, on règle les problèmes, on organise des réunions au sommet, mais là, tendre comme un chamallow, c'est à peine si on se reconnaît.

Les bus de touristes se succédaient sur les parkings des sites incontournables dans un savant jeu de chaises musicales. Jane nous comptait quand on montait dans le bus. Ses faux ongles de cinq centimètres comme des serres d'aigle battaient l'air en cadence.

— Vingt-et-un, vingt-deux. Le compte est bon, Jean-Pierre, ajoutait-elle, malicieuse.

Elle jacassait sur la météo du jour, le prix des appartements à Los Angeles, et le culot de son bailleur qui voulait doubler son loyer. Elle babillait. J'enviais sa légèreté, son insouciance, qui me renvoyait à la lourdeur de mon esprit embrumé.

Qu'est-ce que je faisais là ?

Dans cette indécente comédie de la vie.

La visite de Downtown L.A. n'est pas restée dans les annales.
Un quartier vieillissant avec des bureaux, des façades vétustes et partout l'odeur de gaz d'échappement. Seuls les palmiers immobiles, tendus vers le ciel, fiers et impassibles, semblaient résister à l'ennui et à la chaleur torride.

J'ai emboîté le pas à Ronald, qui en sortant du bus avait rangé un roman dans le filet du dossier de son fauteuil. Dans la précipitation du départ, je n'avais emporté aucun livre. Pas le moindre texte imprimé pour faire écran, quel crétin, j'allais devoir affronter le monde en prise directe.

Et le monde, ça a été l'avenue du Walk of Fame. Le ciel était laiteux. La foule excitée. Ça a été les empreintes dans le marbre, les photos, les figurants déguisés en Chewbacca, Batman, les selfies, et encore les vidéos. Du coin de l'œil, je voyais Martin, qui suivait en traînant les pieds, l'air blasé. Solange, une grande perche aux cheveux coupés très court, suivait le groupe en poussant de petits cris de joie à chaque fois qu'elle découvrait le nom d'une star, gravé sur le sol.

Un vent brûlant me soufflait dans le dos.

Mes genoux étaient douloureux.

J'ai pensé à Sylvie, à ce qu'elle m'aurait dit, Accroche-toi, Maxime, tiens bon.

On a fait une halte sur une placette. À côté d'une poubelle gisait un gobelet à café Burger King. Au loin, sur la colline, les neuf lettres blanches du Hollywood Sign. Cent mètres de long… détecteurs de mouvements à infrarouge… trop de suicides… lieu hautement surveillé, infranchissable. Ils avaient raison tous ces endeuillés, ces dévastés, ces anéantis, de vouloir tirer leur révérence dans un lieu aussi mythique.

— Est-ce qu'il est possible d'aller voir le Château Marmont où Sofia Coppola a tourné son film *Somewhere,* a demandé Ronald, que ses voisins ont instantanément fusillé du regard. Sans surprise, Jane a pris une voix douce et ferme à la fois pour l'aligner.

— Mon coco, ça va pas être possible, l'hôtel est sur la colline de Beverly Hills, à une heure trente de marche, donc désolée mais non.

C'est en entendant la réponse un peu sèche de Jane que j'ai commencé à penser à m'enfuir. À chercher un carrefour, une bifurcation pour disparaître et entamer un autre voyage loin des contraintes, hors cadre, une errance romantique rien que tous les deux. Jane ne se rendrait compte de mon absence que bien plus tard dans la soirée au moment du décompte dans le bus, Il manque quelqu'un, hurlerait-elle, Vérifiez si vous avez bien votre voisin, s'il vous plaît.

On serait déjà loin.

Il faut dire qu'en début d'après-midi, en quittant L.A., on avait eu droit à un épisode pathétique en traversant le quartier résidentiel, où vivent les stars du show business : une succession de demeures calfeutrées derrière des murs et des grilles immenses, dont on ne voit que les toitures, les grilles en fer forgé, et les caméras qui tournent.

Bref, devant la villa de Joe Dassin, Christelle avait lancé l'idée d'un karaoké, elle avait brandi une cassette. Son mari, comme s'il voyait approcher la catastrophe, s'était lentement enfoncé dans son siège. Elle avait bondi du sien, et en s'emparant du micro, s'était mise à s'égosiller en ondulant des hanches, *Mes amis je dois m'en aller / je n'ai plus qu'à jeter les clefs / car elle m'attend depuis que je suis né / l'Amériiiiiique, l'Amériiiiique.* Certains applaudissaient, d'autres reprenaient le refrain.

Soudain, ton visage amusé était venu flotter devant mes yeux. Alors qu'on prenait la direction de la route 66, j'avais enfoncé mes écouteurs dans les oreilles pour couvrir la voix de l'autre folle. Comme il avait vu que j'aimais les Doors, Spotify m'avait sélectionné un vieux tube des Monkeys.

Then I saw her face
Now I'm a believer.

Le bus se traînait, poussif et somnolent. Ou c'était moi. Le bitume défilait, ruban étoilé sous le soleil blanc à la verticale. J'avais fermé les yeux, tu souriais toujours. Les larmes sous mes paupières, amères, brûlantes, délicieuse tristesse.

En revanche, je me souviens très bien de l'étape suivante. L'après-midi où j'ai compris que je n'aurais jamais dû entreprendre ce voyage. Comment avais-je pu imaginer qu'en partant à l'autre bout du monde, j'allais me libérer, me délester du chagrin, de la culpabilité ?

Dans ce simulacre de voyage. Pourtant, on était sur la mythique route 66, destination fantasmée entre toutes. Les panneaux publicitaires, plantés le long de la route, nous avaient promis l'Eldorado tout l'après-midi, du haut de leurs perches gigantesques tendues vers le ciel. À Seligman, comté de Yavapai, Arizona, le paradis se résumait à un entrepôt-magasin où Jane avait sûrement un pourcentage sur les ventes. Je ne sais pas si c'était mon esprit en roue libre mais j'ai eu l'impression d'atterrir au milieu de nulle part. Une ville fantomatique composée de quelques baraques éparpillées autour du magasin et d'une station-service abandonnée, tout ça sur un bout de terre confisqué aux Apaches. Des drapeaux américains sales et effrangés flottaient sur les façades solitaires.
Un lieu de passage où personne ne s'arrêtait.

Dans la cour du magasin traînaient des effigies en carton-pâte grandeur nature de James Dean et Marilyn, adossées contre une vieille Dodge verdâtre.
La boutique était pleine de reliques du Far Ouest pour touristes en vadrouille. Un capharnaüm de clichés qui vous brouillait la vue : chapeaux de cow-boys, plaques minéralogiques, jeux de cartes, porte-clés, photos des sites, gourdes à l'effigie de

Géronimo, attrape-rêves, peluches, cartes postales, t-shirts pendus sur des cintres au plafond.
Tout le monde furetait dans les allées à la recherche de la pépite.

À un moment, je sors pour respirer.
Là, sur le porche, il y a une femme assise sur un banc, qui discute avec une amie. Elle est de dos. Brusquement, je ne vois plus que ses longs cheveux noirs. Ce noir intense, ces reflets métalliques. Mon cœur se met à palpiter. Une bouffée de joie m'envahit, violente, irrépressible.
TU ES LÀ.
Je retiens mon souffle, paralysé par une joie magnétique. Envie de te parler, t'expliquer, te serrer dans mes bras.
Mais la femme se retourne au moment où son mari passe la porte du magasin.

— Bah, c'est pas trop tôt, qu'est-ce que tu fabriquais ?

— Oh, y a pas le feu, on est en vacances, non ?

Le sol en bois du porche s'enfonce sous mes pieds.

Je réalise que depuis le début du circuit, je ne fais qu'une seule chose : je te cherche partout. Tous les soirs, je compose le numéro de ton portable pour entendre ta voix. Et là, alors que j'avance d'une démarche hésitante vers le bus, Dieu sait pourquoi, un souvenir revient briller sur l'écran de mon cerveau.

Nous sommes devant le théâtre des Célestins, sur la place éponyme, à Lyon. On vient de se rencontrer. La connivence entre nous se moque de la différence d'âge.
C'est un de ces week-ends d'automne aux couleurs tièdes. Assise au bout du banc, tu me fais un doigt d'honneur. Pour te faire rager, j'ai dit, Je t'aime bien mais je ne suis pas amoureux. Tu as démarré au quart de tour, Espèce de brute épaisse. Colère feinte. Jeux d'amour. Le soleil enveloppe les statues sur le fronton du monument emblématique de

Lyon d'une sorte de brume rosée. Les gamins se battent pour regarder dans le viseur du télescope. Sur le sol au pied des grands magnolias, une mer de pétales rose et blanc forme comme un tapis soyeux et enivrant.

— Et si on rentrait se faire une petite sieste ?

Tu as le regard espiègle et sensuel que j'adore. Le sol en teck de la place a craqué de joie quand on s'est levés.

Ensuite, se sont succédé dans le désordre toute une série de péripéties dérisoires et amusantes. L'apparition d'un crotale entre deux rochers lors d'une halte en bord de route ou bien c'était une couleuvre, il y a eu débat, on vérifierait sur internet une fois arrivés à l'hôtel. La crise d'hystérie d'une dénommée Michelle car un insecte était entré dans son oreille, elle entendait les bourdonnements, qui résonnaient dans son cerveau. David était intervenu, ravi de sortir pour l'occasion de son étui sa toute nouvelle GoPro. Et pour finir, une prise de bec à demi-mot entre Martin et son père parce qu'il faisait la tête et ne s'intéressait à rien.

Cela m'a fait penser aux disputes homériques de mes parents quand j'étais adolescent. Ils s'engueulaient à plein temps si bien qu'un jour sans dispute me désarçonnait. L'enfance avait été une période de latence où tout semblait bloqué, j'observais le monde, mais à l'adolescence, c'est devenu bouillonnant, je portais en moi un volcan en fusion, prêt à entrer en éruption à la moindre occasion.
La vie s'engouffrait dans mon âme de toutes ses forces, j'étais submergé par les émotions.
Mes colères, mes passions, tout était surdimensionné.
Je me revois à quatorze ans, allongé sur mon lit bateau, regardant fixement la moue frondeuse de Bruce Lee, dont j'ai punaisé le poster sur le mur. Sa posture, son regard déterminé, la force tellurique de son regard. Je me dis, Il a dû avoir des parents normaux, lui, forcément. Fébrile, je me demande si la violence des querelles parentales, par le jeu

d'une exposition journalière, ne risque pas de laisser en moi des traces indélébiles.
D'autant que lors de leur querelle, me vient souvent une envie de meurtre, je truciderais volontiers l'un ou l'autre pour que les hurlements cessent à tout jamais.

C'était il y a des années mais en y repensant, j'ai encore la nausée.

Le circuit, les étapes, les visites, rien n'y fait, je suis dans un état de torpeur indifférente. Il y a des états traversés, des paysages arides, de l'asphalte avalé par les roues du bus, des nuages de poussière rouge, grise, ocre. Il y a des *tumbleweeds* virevoltants sur la *highway*, qui forcent le chauffeur à ralentir, des panoramas grandioses, des falaises, des pinacles aux arêtes tranchantes dans les tons rouge rosé. Il y a des cactus saguaro, tellement semblables à des silhouettes humaines qu'on les appelle « les sages du désert ». Dans le fond de mon cerveau, je perçois la beauté des sites mais l'émotion ne vient pas. L'esprit vide, je coche les visites sur la fiche de l'itinéraire, comme un voyageur docile qu'on transporte, et je me demande si rouler n'est pas finalement une forme d'amnésie, un peu comme si on rayait de sa mémoire les sites visités au fur et à mesure qu'on avance.

Et nous ? Que restera-t-il de nous ?

Qu'est-ce que je deviendrai quand je n'entendrai plus ta voix au creux de mon oreille ?

La ville fantôme de Calico se situe au cœur du désert du Mojave. Jane débite son Powerpoint en mode accéléré… la ville fondée en 1881… l'époque de la ruée vers l'or… 500 mines de fer… 20 millions de dollars de minerai… le General Store… les Indiens.

Depuis le début du voyage, elle semble éviter le sujet des guerres indiennes, ne mentionne jamais les réserves, le

AIM*, les Crazy Dogs de la tribu des Shoshones, qui luttent activement pour la protection des Indiens.
Discours aseptisé et consensuel.
Au moment de sortir, Anaïs veut rester dans le bus, sans doute pour regarder une série sur Netflix. La discussion avec sa mère s'envenime. Finalement, Anaïs cède en faisant une sortie bruyante et remarquée. Sourire intérieur.
J'aime le contact des adolescents. J'ai toujours eu une tendre affection pour cet état de transition, où tout est encore possible, rien n'est écrit, tout est en devenir. Leurs révoltes, leurs élans souvent irréfléchis. À l'origine, c'est pour ça que j'ai embrassé la profession, ça me revient. Pour des jeunes comme Anaïs.

---

* American Indian Movement, organisation indienne de lutte pour les droits civiques.

En descendant du bus, respiration bloquée.
Il est autour de midi. Le groupe s'éparpille, bobs jusqu'aux yeux, lunettes, bouteilles d'eau sous le bras, on peste contre le dérèglement climatique. Sortant de son mutisme habituel, Martin demande, Il est où le distributeur de Coca ? Il m'amuse. Personne n'ose rien dire, sa mère lui propose sa gourde. Il bougonne, Je blaguais, vous êtes lourds.

On continue à gravir la rue centrale qui monte vers le cœur du village. L'impression que mes jambes se sont transformées en poteaux de bois, que je traîne comme des béquilles.
Sur les rambardes, les portes, l'omniprésente bannière étoilée.

Au premier abord, la réplique approximative d'un village de l'Ouest est assez déprimante avec ses fausses maisons de pionniers, son église en forme de fusée au sommet de la colline et la reproduction d'une mine avec des wagonnets fatigués accrochés aux rails. On voit que des objets emblématiques ont été posés de-ci de-là pour créer le décor : tonneaux, roues de carrioles, chaises ou bancs. C'est artificiel mais qu'importe, le but n'est pas la quête d'authenticité, on est dans un autre registre : le subliminal, le symbolique. Et ça marche. Un vent de nostalgie souffle sur le groupe. Pour Robert, le feuilleton de son enfance c'est *Au nom de la loi* avec Steve McQueen. Personne ne connaît, il pique du nez. Stéphane – dont j'ai appris qu'il était notaire à Reims – parle du chef-d'œuvre qui l'a ému dans son adolescence,

Il était une fois dans l'Ouest. D'autres votent pour le western spaghetti *Le bon la brute et le truand.*
Trop de la bombe, dit Martin.

— J'ai adoré le film *Django Unchained*, lance Anaïs alors qu'on fait une pause à l'ombre d'un porche avec Ronald.

— Tarantino est un génie, tu as raison mais je te conseille de voir aussi les classiques. *My Darling Clementine* de John Ford est un petit bijou.

— Je regarde jamais les films en noir et blanc, c'est pas trop mon délire, a poursuivi Anaïs, rêveuse, mais je vais voir si je le trouve en DVD.

Tu aurais aimé être là.

Quand je suis arrivé au bout du village, ma vue s'est brouillée. La chaleur. L'épuisement. Le soleil féroce. Le bus au bas de la pente semblait onduler dans un étrange nuage jaunâtre.
Je me suis engouffré dans l'air réfrigéré et affalé sur mon fauteuil. Lorsqu'ils sont montés, j'ai senti qu'entre David et Juliette, il y avait de l'eau dans le gaz. Une histoire de cartes postales à envoyer, Si possible avant notre retour, répétait David, visiblement en colère. Ça avait l'air d'une dispute sur une broutille pour éviter d'aborder les problèmes de fond.

Arrivée à ma hauteur, Juliette a secoué sa chevelure, les sourcils en accent circonflexe pour me prendre à témoin de ce qu'elle endurait. Oui endurait, j'ai bien eu cette sensation. Elle ne répondait jamais quand il s'énervait. Pendant le trajet, je me souviens que l'image de ses yeux bleu lavande est resté imprimée sur mes pupilles. Je me demandais ce qu'elle faisait dans ce voyage en groupe. Et avec un mec aussi irascible.

À mi-parcours, j'ai essayé de réduire ma consommation d'alcool mais c'était difficile. J'avais pris l'habitude de m'arranger avec un employé du bar de l'hôtel, qui me filait des bouteilles moyennant un petit bakchich. Oui, réduire parce qu'il y avait les cauchemars. Un en particulier revenait me hanter presque toutes les nuits.

Je suis dans une baignoire.

Il m'appuie sur la tête. Me maintient sous l'eau. Je suffoque, me débats. Je mouline des bras. Ma tête s'enfonce dans la baignoire. Il relâche la pression. Je remonte. Vision trouble. Affolement. J'aspire, tousse, crache. J'essaye de lui attraper les mains. L'homme a le regard mauvais d'un mafieux. Il veut me tuer, là, accroupi contre la paroi en céramique de la baignoire. La lutte est inégale. Il appuie de toutes ses forces. Longtemps. Je faiblis.

Tête qui tourne.

Presque plus d'air.

De ma bouche sort un râle de vieux grabataire.

Le soir, j'ai peur de m'endormir.

Au matin, je tente de me refaire un look de mec normal avant le petit déjeuner. Sinon, c'est la litanie de ces dames du patronage, Prenez de la vitamine C et surtout ne dormez pas dans le bus, ça casse le sommeil de la nuit, j'ai de l'homéopathie si vous voulez.

Je glisse ma nuque sous le jet froid du robinet. Et j'avale par petites rasades le reste de la bouteille de la veille. Soigner le mal par le mal. Le sang cogne dans mes tempes.

Pour me calmer, je pense aux vers appris dans mon adolescence. Ceux de Charles Baudelaire, le maître absolu des âmes tourmentées, orageuses, paumées. Je me les répète à voix basse, et quand j'ai fini je recommence. À chaque fois, je me dis, Ce sera une victoire si tu arrives à passer la nuit.

Derrière les ennuis et les vastes chagrins,
Qui chargent de leur poids l'existence brumeuse,
Heureux celui qui peut d'une aile vigoureuse
S'élancer vers les champs lumineux et sereins.

Il faut faire un putain de grand écart pour passer de Charles Baudelaire à la vie ordinaire dans le bus.
Très vite, chacun trouve sa place. La guide lit sa partition, en piochant le sujet du jour sur des fiches cartonnées, stabilottées de vert et de rouge, posées sur le siège à côté du sien. Avec la rigueur d'une prof consciencieuse, Jane s'attache à nous transmettre ce qu'elle a appris en faisant ses recherches. Ne laisser aucune date, aucune anecdote dans l'ombre, et surtout, occuper le terrain pour éviter les questions embarrassantes. Ne plus jamais revivre ce qu'elle a vécu l'année dernière – elle l'a évoqué à demi-mot.
Un groupe de profs d'université de l'INSA à Lyon, qui s'était ingénié pendant tout le circuit à la coincer, la reprendre, mettre en lumière ses erreurs, ses approximations, ça les faisait rire. Elle avait trinqué.

Dans le bus, chacun a délimité son territoire. Deux clans se sont constitués : ceux qui ont migré vers le fond du bus et les frileux qui restent devant, les obéissants, les faciles à contenter, ceux qui écoutent Jane religieusement, à l'affût d'une information essentielle ou d'une blague Carambar. Ils donneront les notes maximales dans le questionnaire de satisfaction final.

Je fais plutôt partie du groupe des asociaux, agglutinés au fond comme les cancres dans les derniers rangs d'une classe. Le rapport à l'autorité sans doute. On s'allonge sur les sièges. On sort des gâteaux en douce.
On fait bande à part.

À ma décharge, j'ai des circonstances atténuantes. Mon corps ne suit plus. Il se déglingue au rythme de ma vieille Saab que je ne parviens pas à faire réparer car on ne trouve plus les pièces de rechange. Une douleur s'est logée dans le bas de mon dos et irradie derrière mes cuisses comme un courant glacé. Je dois étirer mon mollet tétanisé sur le siège à côté du mien. Faire des mouvements d'extension. En espérant que cela ne dégénère pas en lumbago.

Après la visite de Calico, et de longues heures de route, après des haltes où je tâchais de me dégourdir les jambes au pied de falaises rouge sang, tournant comme un Indien sur le chemin de la guerre autour de rochers, de cactus de dix mètres de haut, et de buissons desséchés, on a finalement atteint le Motel Bayswater de Laughlin, La Petite Las Vegas du désert. Le groupe s'est dispersé rapidement après que Jane a précisé que le dîner était servi à 20 heures pile, et que si on voulait piquer une tête, il fallait faire vite.

La piscine, en forme de haricot, est située au centre des bâtiments mais elle a été vidée. La céramique verte du bassin est fissurée de toutes parts, et fait penser à une vieille baignoire écaillée à ciel ouvert.
Accoudé à la rambarde, Ronald fume, le regard aimanté par les collines au loin, noyées dans une brume de chaleur dorée. Après quelques banalités sur la piscine vidée en pleine saison, il se met à parler. Le voyage, je l'ai constaté en regardant mes compagnons s'épancher en toute occasion, produit cet effet : il libère la parole, les verrous sautent, on est enclin aux confidences, d'autant qu'on a peu de chance de se revoir.

Il me raconte qu'il va toutes les semaines nager à la piscine Château Landon dans le 10e arrondissement.

— J'ai l'impression d'être à l'intérieur d'un paquebot.

Après une blague sur le film *Titanic,* il enchaîne avec sa vraie passion, le cinéma et les salles noires, qui sont, dit-il, sa deuxième maison. C'était pour cette raison qu'il s'était fait larguer par sa copine juste avant le départ. Elle ne supportait pas qu'il disparaisse deux ou trois soirées par semaine. Il avait décidé de maintenir le voyage pour se prouver qu'il était encore capable d'entreprendre des choses seul.

— Il faut dire que ma mère m'emmenait voir des films tous les dimanches après-midi quand j'étais jeune, a-t-il ajouté, avec dans la voix la tendresse et la reconnaissance d'un fils à sa mère.

— Tout s'écrit dans l'enfance, c'est bien connu.

J'ai bredouillé une banalité sur l'importance de fondations solides pour faire tenir l'édifice.

Sa mère, la mienne.

Devant la piscine écaillée, sans que je puisse le retenir, me remonte brusquement le fond du tonneau, aussi net et précis qu'un tableau de Jérôme Bosch.

Je ne suis plus au bord de la piscine mais chez mon oncle Georges, à la campagne. J'ai quatorze ans. Ce sont les vacances d'hiver.

— Tes parents ont besoin de rester un peu tranquilles, a dit sobrement l'oncle pour justifier le départ précipité.

Mais les vacances ne semblent pas leur avoir réussi.

Mon père a choisi l'Abribus à cause de la vue sur la vallée de la Loue, j'en suis sûr. On a retrouvé sa sacoche posée sur le banc, nous a expliqué le policier chargé de l'enquête – il y a toujours une investigation après un suicide. Non, il n'est pas mort sur le coup, il s'est probablement étouffé avec son sang, a-t-il ajouté, donnant les détails terribles qu'on ne lui demandait pas.

Je ne comprends pas tout, je suis tétanisé.

Peu à peu, les bribes glanées ici et là reformeront le puzzle. Une tragédie en deux actes, qui continue de me nouer les entrailles quand j'y repense.

Après le décès, je deviens, comme ils disent, l'homme de la famille sauf que je ne reconnais plus ma mère. Elle porte

en elle une part sombre qui m'effraye. Inlassablement, je lui demande, Tu as bien vu qu'il voulait se tuer, pourquoi tu n'as rien dit ?
Silence. Un simple haussement d'épaules, les yeux noirs levés au ciel comme si je débitais des bêtises.

Toutes les nuits, dans mon lit d'adolescent, la scène de la mort se joue et se rejoue. Après avoir admiré une dernière fois la vallée, il lève le bras, ferme les yeux, et appuie sur la gâchette en hurlant comme un soldat qui sort de sa tranchée pour monter à l'assaut. Le corps tressaute, s'affaisse dans l'herbe glacée, ça bouillonne dans sa gorge, ça gicle sur la parka.
Le revolver a glissé au sol.

J'ai perdu le fil de la conversation avec Ronald mais visiblement, il n'a rien remarqué. Au moment où j'émerge, il est en train de raconter pourquoi il a démissionné de l'entreprise Danone, où il était ingénieur agronome, juste avant d'être, comme il dit, broyé par le système, les chiffres, les projets, le rendement.

— Et puis l'économie libérale c'était pas trop pour moi. Depuis, je suis consultant à la mairie de Paris. Le salaire n'a pas suivi mais je ne regrette rien, le quartier de la Goutte d'Or est un quartier populaire et chaleureux, ça me va bien.

Il est sympa, sa présence me fait du bien, je respire, ça lâche à l'intérieur.

— Ma mère était une femme passionnée, et je lui dois beaucoup, pas seulement mon amour du cinéma…

Il me regarde en laissant un silence s'installer, en guise de points de suspension, pour m'engager à des confidences en retour. Je vais éviter d'estourbir le malheureux avec mon histoire familiale à tiroirs.

— Vous transpirez, Maxime, j'ai dit quelque chose qui vous a froissé.

Il a l'air embarrassé.

— Non, pas du tout. Je pensais juste à deux ou trois trucs mais continuez, c'est intéressant ce que vous dites sur l'enfance

Effectivement, on ne s'en remet jamais complètement.

À la suite de cette conversation, où les souvenirs ont refait surface, j'ai passé une nuit atroce à tourner en rond. Pour m'éviter de ressasser, j'ai regardé la télé, mangé et bu tout ce qui traînait dans le mini-bar. Puis, vaguement somnolé.

Aux premières lueurs de l'aube, j'ai lu sur Babelio des extraits du roman *Sur la route* de Kerouac. L'histoire de ces deux gars, partis en Californie à la recherche de quelque chose, qui tournent en rond, se perdent et reviennent à leur point de départ, pleins d'espoir dans quelque chose d'autre. L'alcool, les virées en bagnole, les filles, les nuits d'écriture, la drogue, le sexe.
Jean-François ne comprenait pas mon enthousiasme pour ce roman qu'il trouvait mineur.

— Toute cette histoire à propos d'un type qui passe son temps à sillonner les US, de long en large, tout ça pour se disputer, retrouver des amis et se remettre de ses cuites, encore et encore, tu avoueras que c'est un peu mince.
De guerre lasse, j'avais à nouveau insisté, Lis la version originale, le rouleau, tu verras, c'est lumineux.

Sur mon portable, je vérifie les nouvelles de la France. Mais rien. Pas de fait divers ou d'enquête en cours sur le meurtre d'un chef d'établissement. J'avais encore paniqué pour rien.

Après une ou deux heures d'un sommeil haché, le nez au plafond, j'ai eu cette vision, entre sommeil et veille : Juliette est en train de dessiner des collines rougeoyantes lors d'une pause en bord de route. Assise sur un rocher, elle trace à grands traits des montagnes, des masures en bord de route. Quand elle lève les yeux vers moi, campé devant elle à l'observer, je reçois comme une décharge électrique dans la poitrine. Elle sourit.

T'as pas un peu honte, me braille le père-la-morale, qui a bien remarqué que toute la journée je m'arrange pour être sur son chemin, la croiser.
Depuis peu, le dilemme fait rage, éprouvant et insidieux.
Vais-je devenir un salaud ? Peut-on s'autoriser à revivre après la perte d'un être cher ? À accueillir une éventuelle deuxième chance ?
Ou doit-on rester prisonnier, solitaire et meurtri à vie ?
Fidèle, diraient certains.
Les questions tournent sans fin.

Un demi Lexomil et une rasade de Scotch plus loin, j'ai fermé les yeux dans mon lit dégoulinant de solitude, et attendu. Sans bouger. Le lit semblait tanguer sous le poids de mon corps. Les images des visites du jour flottaient devant mes pupilles. La ville fantôme. Les maisons de pionniers. Le soleil à l'aplomb comme un gros projecteur. Le bus sur le parking. Le regard de Juliette planté dans le mien. Ronald et sa mère.

Comme un écho lointain, la voix de Lina a résonné.

Trouve-toi quelqu'un, la solitude n'est pas une option.

Et puis, on est entré dans le vif du circuit avec le top five des sites incontournables, le Grand Canyon, Monument Valley, Bryce Canyon, la Vallée de la mort et Las Vegas, la ville-lumière au cœur du désert.

Des jours qui ont suivi, j'ai gardé l'impression étrange que le temps se contractait ou se dilatait comme un élastique qu'on tend ou qu'on relâche. À l'image de mon humeur.

La voix de Jane.

— On se réveille les amis… Le Grand Canyon… phénomène géologique… cavités remplies de tourelles… l'érosion… collision… plaques tectoniques. La journée est historique, nous avons traversé deux états, l'Utah et l'Arizona. Le Grand Canyon est classé au Patrimoine Mondial de l'Humanité.
Ébullition dans le bus. Debout dans l'allée ou scotchés aux vitres, mes compagnons de voyage s'agitent, un peu comme des gamins à l'arrière d'une voiture, à qui on promet la mer à chaque virage. Un secret ou une révélation. Il faut dire que Jane sait entretenir l'excitation.

— C'est une visite exceptionnelle. Au fond du canyon, il y a le Colorado, troisième plus grand fleuve d'Amérique. Vous allez voir, on dirait un petit ruisseau depuis qu'il a été domestiqué par le barrage de Glen Canyon. Je précise, pour devancer les questions, qu'on ne peut pas louer de bateau car il faut un Black Country Permit, à réserver quatre mois à l'avance.

Je réalise que j'ai dormi au moins deux heures.

Dernier souvenir avant de plonger dans le sommeil. Jane nous faisait un résumé concis de ce qu'elle avait entendu la veille sur CNN. Après la visite de Barack Obama au Royaume-Uni et le scandale des Panama Papers, dans lequel des sportifs de haut rang étaient impliqués, elle avait dû faire une blague parce que les premiers rangs avaient explosé de rire.

Maintenant, la queue se forme dans l'allée comme dans la cabine d'un avion qui vient d'atterrir. Je me déplie avec précaution. Dans l'allée, Anaïs vient de siffler un *Putain, c'est toujours pour moi,* à demi étouffé, en réceptionnant le sac avec l'appareil photo que sa mère vient de lui refiler manu militari.

À voir ses yeux arbalètes, j'ai l'impression qu'elle a atteint un seuil. Sa mère jour et nuit, ses remarques, ses manies, son look, c'est trop. Elle rêve de lui faire un croc-en-jambe, de l'aplatir, de la coller au sol avant de l'achever et de répandre sa cervelle par terre d'un coup de pied rageur, en hurlant, Crève espèce de vieille peau !
Enfin, j'y vais peut-être un peu fort.
Qu'est-ce que j'en sais après tout ?

À la sortie du bus, Josiane se tourne vers moi, un large sourire épinglé sur son visage d'assistante de vie.

— Est-ce que ça vous dérange si on fait la visite ensemble parce que nous, on est blondes, alors l'orientation…

Le lieu commun comme tous ces tics de langage essorés jusqu'à la lie aurait dû me hérisser le poil mais je suis dans un bon jour, et j'ai décidé d'être aimable.

En arrière-plan, je vois Juliette sourire en me voyant partir.

Le chemin étroit et ombragé court le long du South Rim, à l'aplomb des falaises magnifiques, vertigineuses. L'émotion me gagne, difficile à contenir. Je m'arrête, pris d'une soudaine envie de chialer devant les crêtes et les tourelles, noyées dans une sorte de brume violette. Je ne sais pas pourquoi. Sans doute le contact avec l'indiciblement beau, le spectaculaire, le majestueux.

L'émotion, cela fait longtemps…

Je rappelle à Josiane qu'on ne doit pas traîner pour être à l'heure au rendez-vous prévu au Mother Point. Elle ne cesse de s'arrêter, et s'extasie comme une enfant qui découvre ses cadeaux au pied du sapin de Noël. Depuis peu, elle a adopté les expressions de sa fille, qui suit quelques mètres derrière, les oreilles coincées sous son casque.

— C'est une tuerie, regardez, Maxime, c'est vraiment top. Un paysage de ouf, vous trouvez pas ?

Je glisse.

Le ciel est tendrement azuré. Des touristes se prennent en photo au bord du ravin. Une trentenaire chinoise forme le signe du cœur avec ses deux mains. Parfois, une bouffée de tristesse remonte mais je la laisse me traverser comme un nuage. Des vétérans américains, équipés de bâtons et de chaussures de marche, font une halte devant le paysage de falaises sculptées dans la roche. Il y a une ambiance de recueillement.

Ensuite, pour faire court, on a encore eu droit à quelques épisodes croustillants. L'apparition d'un écureuil, qui a ému Christelle aux larmes. Elle s'est mise à sangloter bruyamment, assise sur un rocher. On ne savait pas trop pourquoi. Son mari avait un sourire gêné en travers du visage.
Florence a poussé un hurlement de mère affolée, alors que son fils se penchait au-dessus de la paroi verticale pour apercevoir le Colorado en contrebas. En une seconde, elle a dû imaginer le corps rebondir sur les saillies de la falaise, puis disparaître dans la brume ouatée du canyon.
Un ranger en costume est passé avec son chapeau à l'insigne Smokey L'Ourson.
Puis, il y a eu la photo que j'ai faite de Josiane et sa fille au bord du canyon. Pas très détendues ni l'une ni l'autre. J'avais dû louper un épisode.
Sans oublier les hurlements de Michelle qui avait vu un animal bondir, alors qu'elle cueillait des coquelicots de Californie. Un coyote, elle en était sûre.

Une heure plus tard sur le chemin, on croise David qui se prend pour un journaliste en mission : il s'arrête tous les trois mètres, change d'objectif, cherche un angle optimal, l'obturateur claque, il jubile.

— Je suis presque au bout de ma première carte mémoire. Quand ils vont voir ça à l'internat, ils vont ha-llu-ci-ner.

Juliette s'est éloignée.

Je suis posté derrière elle, en sentinelle. Immobile, au bord du gouffre, sous le soleil déclinant, elle regarde les tourelles roses comme si elle cherchait à voir plus loin que l'horizon. Des réponses à ses questions.
Soudain, j'ai l'impression qu'elle vacille.
Presque malgré moi, je fais un pas en avant.
Un hélicoptère passe en ronronnant.
Il n'y a que l'amour. Tout le reste c'est du bidon.
Juliette se retourne, elle me sourit comme si elle comprenait ce qui me brouille les yeux.

— C'est gentil d'être resté. On y va ?

Le soir même, on se retrouve au restaurant de l'hôtel. Josiane est installée avec sa fille à la table de Stéphane et Florence. En prenant place, elle fait un signe du menton en désignant les deux adolescents, assis l'un en face de l'autre.

— Je prends les paris, vous allez voir que dans trois jours, ces deux-là ne se quitteront plus d'une semelle.

Anaïs pousse un cri strident.

— Mamaaaaannn.

— Quoi ! Qu'est-ce que j'ai dit ?

— À ton avis ?

— Sans blague, c'est toujours ma faute.

Face aux manières frontales de Josiane, et à l'adversité du monde, les deux jeunes se retranchent dans leur coquille comme des escargots titillés par une sale peste. Anaïs lève les yeux vers sa mère. Le regard étréci par la colère. Assez facile d'entendre le torrent furieux, qui dévale dans sa tête.

Cette bande de vieux, toute la journée, on se croirait à la sortie d'un Ehpad. J'en peux plus. Et ma mère, la witch, qui me fout la honte devant tout le monde avec ses allusions. Je l'ai entendue bavasser l'autre jour avec la femme du notaire, la snob aux cheveux sales, paraît qu'elle a oublié son sèche-cheveux, lol.

Et évidemment, de quoi elles parlaient ?

De mon orientation. Vous vous rendez compte, qu'elle disait ma mère, elle veut faire une option théâtre à Chartres, non mais je rêve, pourquoi pas une formation d'équilibriste au Cirque Gruss !!

L'autre était partie d'un éclat de rire de folle, on voyait ses gencives rouge sang. Ai failli dégueuler.
Faut vraiment que je me trouve une gâche pour ce soir, la witch va recommencer à me saouler de ouf pendant toute la soirée, réussir sa vie, aller en série générale, choisir une filière normale, et bla et bla et bla. Personne n'imagine ce qui se passe quand la porte se referme chez nous. Ils la prennent tous pour une pauvre femme, abandonnée par son salaud de mari, mais la vérité, c'est pas ça. Pas du tout. Une fois la porte fermée, elle hurle, tape sur la table, balance des trucs à travers la pièce. Et après, toujours le même film, elle vient s'excuser en pleurant, elle s'est emportée, elle regrette, tout un cinéma pour que je la boucle.
Moi, c'est simple, j'arrête l'école si j'ai pas mon option.
Ouais, je vais aller voir la fille avec le chapeau rouge, elle a l'air sympa, et lui demander si on peut partager sa chambre vu qu'elle est toute seule, juste pour un soir, inventer un mytho du genre, ma mère arrête pas de ronfler, je peux pas fermer l'œil de la nuit, ce qui n'est pas faux, vu qu'elle respire comme une chaudière.
Faire la filière S ou L pour faire plaisir à la witch, même pas en rêve. Non mais déso, quand on voit comment ça lui a réussi d'être fonctionnaire, vingt kilos en trois ans, l'allure d'un tonneau, et des collègues qui se foutent de sa gueule toute la journée.
Suis fanée grave.
Ça vibre dans ma poche, ah, sûrement un message de Debbie. Elle me manque trop, ma petite chérie. Ses yeux de chat, ses baisers, son tatouage au creux des reins. Si l'autre apprend que j'aime une fille, alors, là, elle me tue direct. Elle est où déjà la nana ? Ah, je la vois…

Par chance, il reste une place en face de Juliette.
À la table voisine, une discussion soporifique s'est engagée entre le couple de retraités et David. On parle numerus clausus et spécialités à l'internat, enfin surtout David.

Autour de 20 heures, le poulet au curry parfumé au gingembre est déposé au centre de la table par la serveuse. Le visage de Juliette rayonne. Elle dit, J'adore la cuisine asiatique. Elle porte une robe à fleurs longue et fluide, qui accentue la pâleur de son teint, un look de hippie des années 60, frais et décalé.

Une fois tout le monde servi, Christelle se lance, Dieu sait pourquoi, dans un numéro de présentatrice de jeu télévisé.

— Allez, les amis, ce soir, je vous propose un petit questionnaire à propos du circuit. Tout d'abord, expliquez-nous pour quelles raisons vous avez choisi cette destination.
Les réponses fusent, festival de lieux communs, vieux rêves d'Amérique et goûts des grands espaces. Voyant venir le piège, je reste sciemment évasif, comme un mec qui, pudiquement, ne tient pas à se livrer.
Juliette me lance un drôle de regard, et j'ai la sensation étrange que ses yeux me tutoient. Il me semble que c'est ce soir-là, dans la clarté de ce regard complice, que tout a basculé.

Je me suis tourné vers Christelle, revigoré.

— Oui, je suis prof de français dans une banlieue de Lyon. C'est un beau métier. Difficile mais gratifiant.

— Presque un sacerdoce, de nos jours, avec toute cette violence et le manque de respect…
Habitué à ce genre de remarques, je dégaine mon arme secrète.

— Oui, mais le jeu en vaut la chandelle, et l'école est pour certains le dernier rempart avant la délinquance, donc, oui, ça vaut la peine.

— Vous avez raison. Allez, on continue avec vous, Maxime, alors, pourquoi avez-vous choisi cette destination ?
L'imposteur en moi fait l'idiot en disant que j'ai toujours rêvé de voir le territoire où vivaient les Indiens, à l'époque de la conquête de l'Ouest. Je ne vais pas leur avouer qu'il m'a fallu mettre les voiles au plus vite avant d'être rétrogradé assistant bibliothécaire ou de trucider le principal de mon collège.

— Et vous Juliette ?

— Nous, c'est David qui a choisi la destination, répond-t-elle brutalement comme les gens qui veulent se débarrasser d'une corvée.

Elle explique qu'autrefois, elle vivait à Paris et que depuis leur mariage, ils habitent Saulieu, en Côte d'Or, Plus un village qu'une ville. Elle n'ose pas dire mortelle.
Elle a un grain de beauté à la base du nez, je ne sais pas pourquoi il me fascine. Ses yeux aussi, qui changent de couleur en fonction de la lumière.

Je me sens flotter.

Le ton des conversations monte d'un cran lorsque la Direction apporte des bières. *It's on the house*, dit la serveuse. Cris de joie. Applaudissements. Chœur de remerciements. Juliette en profite pour se pencher vers moi en baissant la voix.

— Je suis une femme au foyer contrariée, tu sais comme ces gauchers d'autrefois qu'on forçait à utiliser leur main droite. Ah, au fait, on se tutoie, c'est plus simple, non ?

— J'allais te le demander.

— J'ai mis mon métier entre parenthèses pendant la durée de l'internat de mon époux, dermatologie, tout le monde

a compris… J'élève ma fille Chloé, qui a un an, elle est mignonne tout plein. Mais Saulieu, tout ça, pas sûre que ce soit le bon choix…
Sa voix s'éteint sur la fin de la phrase.

— Vivre dans une petite ville, c'est compliqué. Les boutiques. Les vignobles. Les escargots de Bourgogne. Ras le bol. Mais surtout, il n'y a rien à faire. Pas de musée, un seul cinéma qui ne propose que des blockbusters. C'est le désert de la culture. Paris, les expos, le canal Saint Martin, Beaubourg, tout ça me manque atrocement.
Elle pousse un soupir. Je sens qu'elle ne raconte pas tout. À ce moment-là, je pense que le couple bat de l'aile et qu'elle n'est pas encore prête à en parler.

— Bref, la transplantation n'a pas pris.

— Voilà, exactement, il y a eu rejet du greffon…
Sourires complices, silence, instant suspendu.

En fin de soirée, la tension retombe autour de la table. Les conversations s'enlisent. Christelle renseigne désormais Solange sur les aliments que lui conseille sa diététicienne et les dangers sournois du sucre.
Seul David continue à manger. Il enfourne goulûment des cuillerées de riz tout en parlant, des grains atterrissent en petits jets, sur la table et il les rattrape du bout des doigts pour les gober à nouveau.
Ses voisins font une drôle de mine.

Après avoir repoussé son assiette, Juliette se lève et attrape son sac sur le dossier de la chaise. David fait une vague tentative.

— Déconne-pas, il y a du *carrot cake* en dessert. Goûte-le au moins. Toujours aussi chiante, a-t-il sifflé entre ses dents.
On fait tous semblant de ne pas avoir entendu.
Juliette est déjà dans le couloir.

Tard dans la soirée, incapable de dormir, j'ai quitté ma chambre. Alignement des planètes, Juliette était là, comme une apparition dans le lobby. On a longé les couloirs, recouverts d'une moquette galeuse, pour atteindre la terrasse au dernier étage. Accoudés à la balustrade, on a admiré en silence la pleine lune éclairer la ville assoupie. Plantée sur le parking, une enseigne lumineuse traversait le ciel de ses néons rouges clignotants.

Le corps des marines fabrique des hommes
Rejoignez-nous

Une voiture de police est passée à vive allure au loin. Un homme solitaire, équipé de lunettes de plongée, faisait des longueurs dans la piscine.

— Si on allait faire trempette, qu'est-ce que t'en penses ??

— Pourquoi pas, je suis partant. Je vais mettre mon maillot.

— On se retrouve en bas dans dix minutes ?

— Allez ! Le dernier arrivé a un gage.

Elle a souri tandis que je me demandais comment j'avais bien pu sortir une telle connerie, j'étais en pleine régression.

Dans la piscine, Juliette battait des pieds, l'eau commençait à mousser.

— Ce sera un verre de Chardonnay.

— Avec plaisir, si nous sortons vivants de ce voyage.

Je ne sais pas pourquoi j'avais parlé comme si le voyage n'était pas une fin en soi mais le début d'autre chose. Une promesse. Elle a fait semblant de ne pas comprendre. Le nageur continuait dans son couloir. Une femme d'âge mûr est arrivée, elle est descendue par l'échelle avec précaution et nous a salués de la tête. Elle nous prenait pour un couple.

Au moment où Juliette s'est mise à fredonner la chanson *Born to be wild,* que Jane nous avait passée dans le bus tout l'après-midi, j'ai été assailli par une drôle de sensation. Entre bonheur et tristesse.

J'étais au bord d'une ligne de faille. Le vide sous mes pieds. L'appel du large.

La peur aussi.

Les chagrins, le passé, rien ne s'effacerait jamais mais il pouvait peut-être y avoir autre chose en marge du malheur. À côté.

— Il faut que je rentre, a-t-elle fait en regardant son portable comme si elle revenait brusquement à la réalité.

— Ton mari ne dit rien quand tu sors comme ça ?

— Il prend des somnifères et du coup il dort comme une masse.

— Il n'a pas l'air toujours commode, dis donc.

— Non, en effet, mais ça je l'ai découvert sur le tard…

Son visage s'est assombri et elle s'est dépêchée de rejoindre le bâtiment. Je suis resté perplexe devant ce que je pressentais.

Le lendemain, la visite de Monument Valley est un temps fort.
Une fois descendu du bus, au moment où je m'avance sur le promontoire en bois, il y a dans ma tête comme une sourde déflagration. Mes mains se mettent à trembler. Sur le coup, je pense au soleil à la verticale ou à l'alcool que j'ai ingurgité dans la soirée mais non, ce sont les montagnes de grès pourpre, les monolithes plantés là, qui me font cet effet.

Je me sens aspiré par l'immensité du ciel et de la terre.

Deux bus italiens déversent leur cargaison de touristes en shorts et bermudas. Ils dressent leur portable vers le ciel telles des oriflammes. Ça crépite. Ils poussent des cris d'admiration. Mais en dépit du bruit et de l'agitation, le moment est unique.

Lina, si tu étais là…

Alors qu'on reste immobiles, sidérés par la majesté du site, Ronald, une main en visière sur le front, se tourne vers le groupe.

— Pour ceux que ça intéresse, je peux vous raconter la petite histoire de Monument Valley.
Certains font la sourde oreille. D'autres tendent vaguement l'oreille. Un couple prend la tangente en silence. Laurence est concentrée sur la crème solaire indice 50 qu'elle applique généreusement sur ses bras couleur rouge vermillon. Robert tète sa bouteille d'Evian, sous le regard comptable de sa moitié.

Seule Anaïs qui, depuis peu, semble se passionner pour le cinéma, s'est postée devant Ronald, le regard vibrant, un nuage de sueur sous le nez.

— Allez-y, moi ça m'intéresse.

— En fait la construction de la vallée tient à un concours de circonstances assez incroyable. Pour faire court, un couple de fermiers, Harry Goulding et sa femme, avait une petite ferme à Monument Valley au moment de la Grande Dépression de 29. Leurs affaires périclitent, et un jour, ils entendent à la radio que les studios United Artist cherchent un décor pour tourner un western. Harry se rend à Hollywood, rencontre le responsable des décors en extérieur pour le film *Stagecoach*. Il lui montre des photos de la vallée. John Ford trouve le lieu sublime, et décide que ce sera le décor de son film. Ensuite, il a donné des rôles aux Indiens dans ses films.

— Comment vous savez tout ça, demande Anaïs, conquise par la ferveur mystique dans les yeux de Ronald.

Ronald explique qu'il s'est documenté sur l'action de John Ford pour défendre la cause indienne, à une époque où l'Amérique n'avait pas encore fait son examen de conscience.

— Il était en avance sur son temps, un véritable visionnaire.

Laurence fait la moue.

Josiane se rapproche de sa fille, la prend par le bras, et lui chuchote quelque chose à l'oreille. Mais Anaïs se dégage.

— Non, je pars pas, pour une fois que ça m'intéresse grave.

Josiane hausse le ton, en articulant lentement, Pardon, tu peux répéter ?

Devant le silence buté de sa fille, elle part en fulminant, Une douche et un bon coup de trique en sortant, c'est ce que disait mon père et il n'avait pas tort, ça remettait les pendules à l'heure.

En assistant à la scène, j'ai eu cette vision.

Je ne suis plus là, au milieu du désert torride mais dans une cuisine lors d'un déjeuner de famille, un dimanche de décembre. Mes parents ont reçu mon bulletin scolaire. Je suis en troisième, et ma mère a travaillé mon père toute la soirée pour qu'il prenne la mesure de la catastrophe à venir. Je l'ai entendue éplucher le bulletin, égrener mes notes, relire les commentaires des profs et répété par deux fois l'appréciation générale du conseil de classe : Élève dilettante qui ne fournit pas les efforts nécessaires. Le dernier trimestre sera déterminant. Elle crie, Tu te rends compte, il ne passera pas au lycée, il va finir caissier à Casino. C'est ça que tu veux pour ton fils ?

C'est au moment où elle pose le plat de lasagnes sur la table que ça dégénère.

Mon père, chauffé à blanc, prend le mors, se tourne vers moi et me demande des explications. Sa voix tremble de rage. Il exige que je réponde. Que je promette. Je refuse de me soumettre. Soudain, devant sa mâchoire serrée, ses yeux brûlants de rage, je renverse ma chaise et on s'empoigne le père et moi, par les vêtements dans le hall de l'appartement. Ma mère hurle. Il essaye de me mettre à terre mais j'ai plus de force que lui. Rapidement il lâche prise. Le mur a gardé la trace de la porte que j'ai claquée en partant.

Avant l'incident, j'avais déjà longuement ressassé l'idée romantique de la fugue, mais après avoir traîné dans la rue une journée entière, dans le froid et l'indifférence des passants, j'ai fini par regagner le bercail, penaud et vaincu. Personne n'a fait de commentaire.

C'est pour ça que devant Josiane, je me suis bien gardé d'avancer le moindre conseil. Encore moins de plaisanter. J'ai opté pour un sourire de compassion en haussant les épaules, comme si ce type d'altercation était le lot de tous les parents, quoi qu'ils fassent.

La nuit a été courte, je me réveille en sursaut. Après une douche express, j'extirpe du fond de ma valise le t-shirt *I love New York,* acheté à l'aéroport dans un moment d'égarement. Flash de mémoire. Tu rêvais d'aller croquer la Grosse Pomme. Je faisais de la résistance. Longtemps, tu m'as reproché mes excuses bidon en disant que j'étais juste affreusement casanier.
Qu'est-ce que j'ai pu être con !

À côté de la valise béante, mes baskets maculées d'une poussière orange vif me rappellent instantanément l'épisode de la veille, où je n'ai pas vraiment brillé. J'ai imprimé tous les détails.
Il est 14 heures. Après un repas misérable dans la cafétéria de Monument Valley, le programme prévoit la visite du Navajo Tribal Park en 4 x 4, et on se retrouve à grimper dans des sortes de bétaillères à ciel ouvert. Je vois Juliette en face de moi sortir un foulard qu'elle enroule autour de son visage.

— On va manger du sable.

Les chauffeurs se surveillent du coin de l'œil, et soudain, sans qu'on perçoive le moindre signal, ils démarrent dans une coordination parfaite. Bruit de Grand Prix, moteurs qui vrombissent, compte-tours dans le rouge. Les pneus crissent sur la piste, creusée d'ornières dans un raffut d'enfer. La piste ne cesse de se dégrader. Sable. Pierre. Nids-de-poule. Ravines. Rigoles. Goulots. Des kilomètres comme ça. Sur les banquettes c'est du sport, les amortisseurs ayant visiblement rendu l'âme depuis longtemps. Les plus valeureux sautent sur les banquettes en riant jaune. Les peureux comme moi s'agrippent aux sangles pour ne pas glisser ou être éjectés du véhicule. Christelle, à ma gauche, rebondit sagement sur le skaï marron en serrant son appareil photo Nikon sur sa poitrine.

Je tente de respirer dans le nuage de sable en serrant les dents, me retenant de hurler, alors que chaque nid-de-poule me crucifie et va provoquer, c'est certain, un tassement irréversible de mes pauvres vertèbres.
Je douille en silence, raide, convulsionné, fataliste.
Jane continue à parler dans le micro de la bétaillère mais sa voix se perd dans le ronflement du moteur, croyances... divinités... le chiffre quatre... figure du cercle... Quand les véhicules stoppent leur course folle au sommet d'une *mesa*, devant des échoppes tenues par des Indiennes aux cheveux tressés, on descend tous, secoués, poussiéreux, soulagés.

Le lieu, l'immensité du site, donne envie de méditer sur l'aspect éphémère de nos existences. Il règne dans cette vallée un mystère insondable comme si les concrétions dressées devant nous possédaient une dimension sacrée, spirituelle, et nous regardaient nous agiter avec la curiosité d'un ethnologue qui étudie une tribu de sauvages, au fin fond de l'Amazonie.

Sur une chaise vide devant un étal de bijoux fantaisie, Juliette a sorti un carnet à spirale de son sac à dos, et s'est mise à dessiner.

— C'est tellement impressionnant. J'ai découvert l'aquarelle il y a un an, c'est devenu une passion. Tu vois ces monticules, je sais exactement quelles couleurs je vais utiliser pour les peindre, ça va être chouette.

— Je peux voir ce que tu as déjà peint ?

Elle feuillète son carnet de voyage, et entre ses doigts, défilent les images de la ville de Calico, du Grand Canyon, une piscine vide, des falaises rouge sang, des cactus, et des silhouettes. La mienne ?

En poussant ma valise le long des couloirs, en direction du hall de l'hôtel, le bas du dos toujours coincé, je revois encore la scène où Josiane a payé trois dollars pour être photographiée sur le cheval, au bord du ravin, devant l'arche Honeymoon, et les Three Sisters, dans l'esprit John Wayne, comme le promettait la pancarte. Elle a eu un sourire de joie, que j'ai trouvé touchant.

Devant le bus, Jane explique que nous avons une longue route à faire mais les membres du groupe ne semblent pas impressionnés à la perspective de se farcir les 350 kilomètres qui nous séparent de Bryce Canyon. Fidèle à moi-même, je visualise la journée comme un océan immense à traverser à la nage.
Jane précise qu'on déjeunera au Sequoia National Park et qu'on va traverser de magnifiques montagnes de genévriers et de conifères, Profitez-en avant qu'elles ne partent en fumée, il y a des incendies tous les ans.

Juliette s'avance dans l'allée du bus, Salut, ça va ?
Elle laisse glisser sa main sur le siège de mon fauteuil, et en une seconde, j'oublie la traversée à la nage, les coussinets écrasés entre mes vertèbres, et les points d'interrogation en suspens au-dessus de ma tête. Désarçonné, saisi, et délicieusement coupable, je dis oui d'une petite voix fluette, comme celle d'un adolescent en pleine mue.

— Je peux m'installer à côté de vous ?
Celle qui m'a posé la question, c'est Josiane. Elle s'est installée à grand peine en se contorsionnant sur le siège à côté du mien. Je me dis que cette promiscuité forcée est l'occasion d'en savoir un peu plus sur celle que je perçois comme une fausse joviale, qui cache son jeu derrière un flot de paroles.
Elle m'adresse un sourire gêné.

Dans le ronronnement du moteur, mon cœur de chaman entend hurler ses silences.

Ce bureau de poste, j'en peux plus. Courriers perdus. Files d'attente. Erreurs de destinataire. Formulaires de réclamation. On s'en prend plein la tête toute la journée. Et les collègues, bonjour la solidarité ! Une bande de vipères qui s'enferment dans le bureau du chef pour me casser du sucre sur le dos. Je sais qu'elles m'ont surnommée Gras double. Entendu l'autre jour Géraldine râler dans le couloir avec Kevin, elle parlait de mon odeur de transpi. Et de se cotiser pour m'acheter un déodorant pour mon anniversaire, la chienne !

— Vous êtes déjà venu aux USA ou c'est la première fois ?

— Non, c'est une première, et vous ?

Je constate que le Guide du routard, posé sur ses genoux, n'a pas franchement cédé aux sirènes de la modernité, le baba tient toujours le monde à bout de bras, les photos n'existent toujours pas, et le papier doit être recyclé.

Elle dit qu'elle visite aussi l'Ouest pour la première fois mais qu'elle a fait la Thaïlande l'an dernier avec le même voyagiste.

— Bon, à l'époque j'étais avec mon ex-compagnon.

Elle baisse les yeux. Je pense à Anaïs et à leur relation qui a dû se compliquer avec l'arrivée d'un tiers.

— Et le voyage s'est bien passé ?

Elle est contente que je lui pose des questions. J'ai droit à toutes les étapes du circuit *Merveilles de Thaïlande,* ainsi qu'aux anecdotes sur le couple d'amis agriculteurs qui élèvent des oies dans une ferme du Cantal, et qui sont devenus ses amis.

— Ils ont été très présents après la séparation, a-t-elle ajouté. J'ai découvert à quel point les agriculteurs sont harcelés par une administration pointilleuse, qui exige de la paperasse, des rapports, l'étiquetage des bêtes, ça les rend fous.

Elle regarde par la fenêtre en soupirant et, brusquement, se retourne vers moi.

— Et vous Maxime, vous n'avez pas toujours l'air en forme. Qu'est-ce que vous êtes venu chercher dans l'Ouest ?

Je fais une réponse de Normand, invoquant le métier, une menace de burn-out, un besoin de me ressourcer. Elle n'insiste pas, et se plonge dans son guide minimaliste.

— Je vous laisse tranquille.

Je sors mes écouteurs. La voix douce et suave de Nat King Cole traverse mon cerveau, ouvrant le canal de la tristesse mais la présence de Josiane me rassure. En même temps qu'elle m'aiguillonne. Je dois bouger, sortir de cette apathie cotonneuse, m'accepter tel que je suis et aller vers les autres. Je pense à toi, que je n'entends presque plus. Est-ce le signe que je dois te laisser partir ?

If you ever plan to motor west
Travel my way, take the highway that is best
Get your kicks on route sixty-six.

On ne se remet pas en selle en un claquement de doigts, et certains matins sont encore difficiles. Comme aujourd'hui par exemple. Pendant la visite de Bryce Canyon, j'étais sous la ligne de flottaison. Il faut dire que toute la soirée, j'avais pensé au retour en France, au collège, au petit gestionnaire gris et étriqué plein de vide à l'intérieur, qui allait m'accueillir sur les marches de l'escalier.

Au matin, forcément, le Guronsan avalé avec l'infâme bibine qui traînait dans la cafetière du buffet n'a pas suffi à me donner de l'énergie. J'ai passé la matinée à essayer d'émerger d'un brouillard de chagrin et d'épuisement. Les questions tournaient dans ma tête.

Qu'est-ce que je fais dans ce circuit ?

Est-ce que je vais revenir en France ?

Comment vivre seul, définitivement seul ?

J'avais repris ma position de repli, à l'écart du troupeau. Je sentais l'air chaud et coupant sur mon visage. En fond sonore, toujours la voix de Jane… les célèbres cheminées de fées… plus de 350 mètres… un amphithéâtre naturel de hoodoos… l'érosion…
Le contour des tourelles était terriblement anguleux, les textures des rochers aplaties, je ne voyais plus les reliefs. Je longeais le chemin comme un somnambule, la bouche sèche comme du papier émeri, en tâchant d'éviter le regard de Juliette.

Vers 10 heures, sans trop savoir pourquoi, le malaise s'est dissipé. À une bifurcation, Jane s'est arrêtée et a proposé une promenade le long de la Virgin River en contrebas. Elle a dit qu'il fallait compter une heure de randonnée mais que c'était à la portée de tous. Tout le monde a applaudi à l'idée de marcher plutôt que de faire du bus.

On s'est mis en route. La plupart de mes compagnons portaient des baskets aérodynamiques, avec coussins d'air, renforts en cuir, look épuré, semelles intermédiaires en mousse. Moi, j'avais récupéré au fond d'un placard de vieilles choses défoncées. Résultat, j'avais la plante des pieds en feu. Le chemin filait entre des saules et des buissons de prêles accrochés aux parois rocheuses. Une odeur humide montait du sol. Les berges de la rivière, petit filet d'eau vert et froid, scintillaient en contrebas. En d'autres temps, j'aurais trouvé ça beau mais j'étais obnubilé par mes douleurs plantaires.

Fernand, soixante-deux ans, ancien contrôleur à la RATP, avançait sur le chemin devant moi de façon laborieuse. Parfois son genou flanchait mais il se rattrapait de justesse on ne sait trop comment.

— Je devrais être mort, je vous jure, je suis un rescapé du crabe, m'avait-t-il confié un jour alors qu'on se trouvait dans la queue des toilettes. Un cancer de la prostate diagnostiqué très tard. Stade 4, je vous dis pas, opération, chimio, sans parler des séquelles qu'on se trimballe après et dont personne ne vous a parlé.

Séquelles qu'il n'avait pas pu s'empêcher de me décrire dans la file d'attente. L'incontinence. Les crampes. Et le reste en cale sèche.

Il m'a proposé son mélange personnel noix-amandes-raisins, Ça va vous filer la pêche, a-t-il précisé.

C'est deux heures plus tard, dans le Sequoia National Park, que je me suis effondré sur un banc, devant la table en bois rectangulaire prévue pour le pique-nique. La balade

le long de la Virgin River avait été l'amuse-bouche. Après, non pas une mais deux heures de marche, on avait eu droit à des explications sans fin sur les séquoias géants de plus de cent mètres de haut, et un recueillement collectif devant l'arbre le plus volumineux de la planète, le General Sherman Tree. Tout ça dans le pépiement incessant des touristes et la moiteur collante du sous-bois. À force d'avoir le cou en extension, mes cervicales craquaient comme des brindilles jetées dans un feu de cheminée. Juliette bavardait avec Christelle, elles parlaient de leurs enfants.
Elle m'a fait un clin d'œil.

L'air était pur et doux à l'ombre des arbres centenaires. L'odeur de soleil se mêlait à celle de la résine de pin tandis que l'atroce chaleur patientait à l'orée de la forêt. David était assis à l'autre bout de la table à côté de Jane et dans le silence du sous-bois, je l'entendais la questionner sur l'âge, les cernes sur les troncs, la faune et la flore de la région. On aurait dit qu'il se préparait à écrire un guide touristique ou ses mémoires de globe-trotteur.

Jane a profité d'un silence pour lui parler de sa santé, elle était inquiète.

— Depuis quelque temps, je fatigue, je suis essoufflée et j'ai des fourmis dans les jambes, qu'est-ce que tu en penses ?
J'ai eu l'impression que David se cabrait comme un cheval devant l'obstacle. Après deux ou trois banalités sur le déclin inéluctable du corps – le terme était élégant – il s'est excusé.

— Désolé, Jane, mais le mieux serait d'aller consulter, moi, je ne peux rien te dire, il faut un vrai diagnostic.
Piquée au vif, Jane s'est raidie comme si elle s'était pris une gifle, Okay, je vois, merci quand même.
Ça sentait la mise en quarantaine.

Il avait botté en touche, il était en vacances merde, mais, à l'observer de plus près, avec ses auréoles humides sous les bras et ses traits tirés, c'était plus complexe. Il était préoccupé, inquiet, tendu, ça montait en lui, sans répit, comme une marée impossible à stopper. Juliette et lui. Comment avait-il pu croire qu'il pouvait ripoliner leur couple ? Il posait des questions à cette vieille peau dont il se foutait éperdument juste parce qu'il fallait s'agiter, faire du bruit pour étouffer ce qui lui montait dans la gorge. J'avais tellement connu ça.

À sa façon de parler sans faire de pause, on voyait qu'il était oppressé mais il y avait autre chose en lui que je n'arrivais pas à cerner. Quelque chose de sombre et d'enfoui comme un secret bien gardé.

On avait depuis longtemps terminé nos cônes glacés quand Juliette est venue s'asseoir à côté de moi. David était reparti marcher dans la forêt avec Robert et Christelle.

Il y a d'abord eu un silence.

— J'en ai assez de ce voyage. Les horaires. Le programme, c'est pire que de pointer à l'usine. Je rêve d'aventure, de solitude, de disparaître des radars. Le groupe, au secours !

On est tombés d'accord.

Puis, très vite, elle a dévié sur sa vie personnelle. Elle hésitait, il y avait des blancs comme si elle s'apprêtait à me livrer des choses qu'elle ne s'était jamais avouées à elle-même. Elle peinait à débusquer les mots, dont elle savait qu'ils portaient en eux quelque chose d'irrévocable. Je me souviens d'une phrase.

— Certains matins, tu vois, j'ai envie de partir en douce... de quitter la maison, je laisserais ma fille à la voisine en prétextant une urgence... je sais, c'est moche... mais sinon je vais étouffer, dans cette bourgade, avec un mari qui a tellement changé que je le reconnais à peine.

Sa voix s'est cassée sur la fin.

Son désir de fuite, je l'ai senti, n'était pas motivé par l'absence d'intérêt de la ville. En quoi son mari avait-il tant changé ?

— Je pense qu'il faut parfois accepter les moments de doute, ai-je hasardé, ils peuvent être une étape vers autre chose, un changement.

— Tu as peut-être raison. J'ai tellement honte, ça me ronge, j'ai l'impression d'être une mauvaise mère alors que précisément Chloé est magnifique et me manque affreusement.

— Tu crois qu'on peut recommencer sa vie à n'importe quel moment, a-t-elle demandé brusquement.

J'ai eu envie de répondre qu'on peut recommencer à tout âge, que c'est justement ce qui nous rend vivants, cette capacité à se réinventer pour donner un nouveau sens à son existence, et que parfois ce qui semble une fin peut devenir un recommencement, mais j'ai laissé tomber la théorie.

— Est-ce que tu aimes encore ton mari ?

La question était sortie, un peu brutale mais en même temps, il fallait faire vite, aller à l'essentiel. Juliette a levé les yeux vers moi et les a baissés aussitôt. Il y a eu une vibration dans l'air comme un froissement d'aile.

Mon cœur battait.

— C'est difficile à dire, a-t-elle répondu, il reste des sentiments parce qu'on a eu un enfant ensemble, mais il a tendance à s'emporter… il me fait des scènes… je ne le supporte plus. Surtout devant ma fille…

Au frémissement de sa voix, j'ai compris qu'elle venait de lâcher son fardeau. Le couple ne traversait pas juste une mauvaise passe, il y avait de l'agressivité dans l'air, peut-être des violences psychologiques ou des violences tout court.

Mon cœur s'est serré.

Elle se tenait un peu voûtée et faisait tourner son alliance sur son doigt en silence. Et c'est là, alors qu'elle refusait de livrer les détails honteux, que j'ai commencé à m'interroger.

David était-il un homme violent ?

Je l'ai regardée. Elle avait l'air vulnérable et, en même temps, c'était ambivalent, elle était portée par une colère insondable, la colère qui jaillit d'une erreur du passé qu'on ne parvient pas à réparer. Elle avait besoin d'aide pour avancer. C'est alors que j'ai été envahi du désir presque douloureux de l'embrasser. L'a-t-elle senti, je ne sais pas, elle a changé de sujet.

— Alors, et toi, raconte. Comment tu t'es retrouvé dans l'Ouest ? J'ai pas cru une seconde à la version que tu as servie aux autres, l'autre jour.

Mince, j'étais au pied du mur.

Le récit d'une histoire triste génère toujours chez les gens une réaction de rejet et une brusque frayeur devant la fragilité de nos existences. J'ai hésité, et puis je me suis lancé. J'ai raconté toute l'histoire, ça sortait comme on glisse le long d'une pente douce : la vie avec Lina, le diagnostic, le bonheur contaminé par la maladie, les traitements, les angoisses, l'épreuve, mon addiction à l'alcool et le carnet découvert après sa mort.

Une telle impudeur m'a surpris, ça ne me ressemblait pas. Je m'étonnais, je racontais des scènes. Elle m'écoutait. Son regard me sondait gentiment l'âme. Elle m'écoutait, et dans ses yeux, j'avais l'impression de ne pas être le monstre que je m'étais imaginé. C'est important le regard des autres. Il suffit qu'il y en ait un.

Lentement, ma voix a pris de l'assurance.

Je reprenais pied dans mon histoire comme on apprivoise un animal sauvage. Elle était triste mais c'était la mienne et pour une fois je n'ai pas eu envie de la modifier. Dans le regard de Juliette, je voyais filtrer les contours de ma nature imparfaite, multiple, fissurée, mais Juliette n'avait pas peur. Elle n'avait pas cillé.

Lorsque j'ai évoqué la culpabilité qui m'avait longtemps rongé de ne pas avoir sauvé Lina et combien je m'étais reproché mes absences, elle a fait le geste de mettre son bras autour de mes épaules avant de se raviser et de le poser prudemment dans mon dos, sur le banc.

— Je suis sûre que tu as fait le maximum. On pense toujours qu'on aurait pu faire mieux. Tu es quelqu'un de sincère. De nos jours, c'est rare, tu sais. Tant de gens se racontent des histoires. Et puis, tu parles si bien d'elle. C'est comme si tu lui redonnais vie.

Une boucle blonde, échappée de son foulard, était tombée le long de son visage comme un ruban doré, agité par la brise.

Moi qui pensais être inconsolable, je me laissais gagner par la possibilité d'une île, l'espoir d'une nouvelle vie.

Au moment où j'ai entendu les autres arriver sur le chemin – David criait qu'on avait tout loupé, c'était magnifique – je me suis levé pour aller farfouiller dans la cantine réfrigérée, posée au pied de la table.

— Tu veux un Coca ?

— Allez, envoie une canette !

On a bu en silence. L'air était doux, le Coca pétillait sous la langue. David nous a regardés d'un drôle d'air. L'euphorie est brutalement tombée comme un rideau de pluie.

— Si tu as besoin d'aide, tu n'hésites pas, je suis là, ai-je dit à Juliette, alors qu'elle se levait pour aller le rejoindre.

— Merci, a-t-elle répondu à voix basse.

Juste avant de rejoindre Las Vegas, il nous restait le dernier point fort du circuit : la Vallée de la mort.
C'était la fin de la journée.
Avant d'y arriver, on a fait une pause dans le seul lieu qui semblait habité dans le désert du Mojave, le Furnace Creek Visitor Center, où un écran digital indiquait en jaune la température vertigineuse de 114°F. Il y avait un parcours de golf un peu plus loin. À proximité, quelques baraques entourées de terrains clôturés, encombrés de débris, de carcasses de Buick ou de Chevrolet sans pneus, qu'on avait eu un jour l'intention de réparer mais qui se retrouvaient abandonnées sur des parpaings. Au pied des collines, des camping-cars solitaires ou des bicoques en carton goudronnées regardaient passer les bus de touristes.
Ça transpirait la solitude et la misère.

En repensant à la conversation avec Juliette la veille dans la forêt, je n'ai pas pu m'empêcher de me revoir porter une main à ma poitrine tellement mon cœur s'était comprimé quand elle avait dit, *Tu es quelqu'un de sincère. De nos jours, c'est si rare.*
À la cafétéria, j'ai commandé deux bières, bues en vitesse car Jane faisait des rondes pour nous rappeler l'heure de retour au bus. *Tu dois veiller sur elle.* La phrase tambourinait dans ma tête.

Et on a repris la route.

À notre arrivée sur le site de la Vallée de la mort, j'ai eu un pressentiment en descendant du bus. Devant nous, une étendue sans limite, plus blanche que neige, plus horizontale que la mer, un paysage uniforme sur lequel le regard n'accrochait pas. Le silence impressionnant m'a filé la chair de poule.

— On arrive sur le site de Badwater, une langue de sel située 85 mètres au-dessous du niveau de la mer. C'est très impressionnant. Pensez à l'eau, et buvez sans attendre d'avoir soif, a conseillé Jane, et pour de plus amples informations, je vous invite à aller lire les panneaux que vous voyez. C'est instructif...

Sur le ponton de bois, le panneau de gauche indiquait en lettres capitales, Death Valley National Park et en dessous, Homeland of the Shoshone. Le deuxième panneau, sur la droite, était plus incisif et ne laissait planer aucune ambiguïté : *DON'T BECOME A DEATH VALLEY VICTIM.* S'ensuivaient toute une série de conseils et recommandations pour éviter de se perdre, se déshydrater, faire un malaise, ou se faire piquer par un insecte terré dans les dunes. Notre pragmatique Robert a assez bien résumé le message, Si vous voulez mon avis, on est invités à aller mourir ailleurs.

Il y a quelque chose d'étrange dans le spectacle du désert. Je ne pouvais poser le regard sur rien, je parcourais des yeux l'étendue aride, la balayais sans fin. Il y a eu une faible bourrasque et j'ai cru entendre une voix se mêler au vent. Le frôlement du sable sur ma joue, des crissements sous mes pieds, l'idée que le désert abritait une présence. Ce n'était pas un espace vide. Quelque chose, une entité, une vie cachée, vivait là, impalpable mais bien présente. J'attendais un signe. La sueur s'est mise à ruisseler entre mes omoplates.

Jane a expliqué qu'il y avait deux options : soit la suivre pour une petite marche jusqu'à des *mudhills* situées à environ trois kilomètres sur la droite, soit rester dans le bus avec le

chauffeur. Tous les membres du groupe dans un élan d'orgueil se sont rangés derrière elle. En rangs serrés. Déterminés à jouer les aventuriers. Un peu groggy, je me suis mis dans les traces de Ronald, en quatrième position derrière Jane. Avec son bandana rouge sur le front, il m'a fait penser à Willem Dafoe dans le film *Platoon*.
Juliette et son mari marchaient derrière moi, et j'entendais une engueulade à bas bruit, une histoire de chaussures. Il lui avait dit de mettre des baskets, PAS DES SANDALES mais, comme d'habitude, elle n'en faisait jamais qu'à sa tête. Il aboyait comme un roquet. J'ai failli lui faire une remarque.

Mais je n'étais pas au mieux de ma forme. Mes Pataugas s'enfonçaient dans le sol. Je me demandais si les semelles allaient tenir. Très vite le sable a laissé place à des concrétions calcaires, qui faisaient le bruit d'une craie sur un tableau noir, ça me vrillait les tympans. Bon Dieu, je me voyais tituber à chaque pas, ne sachant pas trop si c'était les effets de l'alcool ou la fatigue. J'étais rincé. Dans ma tête en boucle, le ton hargneux de David.

Tout à coup, j'ai dû faire une embardée car Juliette s'est approchée.

— Est-ce que ça va, Maxime, tu veux de l'aide, a-t-elle demandé en posant sa main sur mon bras.
La pression de sa main, la chaleur sur mon bras, j'ai amorcé un sourire.

— Merci, ne t'inquiète pas, j'ai juste un peu chaud.

On a repris. Ma démarche devait être bizarre car mon corps avançait tout seul. Je me suis mis à penser au nombre de kilomètres qui nous restait à parcourir, et brusquement, j'ai revu le visage de la commerciale à l'agence, quand elle m'avait proposé le contrat d'Assurance Voyage, incluant l'annulation, les frais médicaux et bien sûr le rapatriement. Devant le coût supplémentaire, j'avais crânement refusé.

Dans le ciel, j'ai cru voir un vautour planer en cercles concentriques au-dessus de nos têtes.

J'ai continué à marcher dans le silence minéral en fixant la silhouette tremblante de Ronald. Il marchait vite. Je perdais du terrain, un peu comme un nageur qui lutte contre le courant. Quand le désert a commencé à faire des vagues sur l'horizon et que la silhouette de Ronald est devenue floue, le ciel s'est obscurci. J'entendais des voix dans mon dos, au loin. Comme si j'étais coincé dans un scaphandre. On me parlait. Je voulais répondre mais mes lèvres desséchées ne s'ouvraient pas. La dernière chose que j'ai entendue, mon prénom que quelqu'un a hurlé.

Le reste m'a été raconté plus tard. J'avais fait un malaise. David m'avait donné les premiers soins en surélevant mes jambes et en m'offrant sa gourde. Il avait dit que finalement ce lieu était aussi maudit que le suggérait le panneau. J'ai murmuré que j'avais sans doute trop bu à la pause.

— On verra ça plus tard, a-t-il répondu, pour l'instant il faut te retaper, fais une petite sieste dans le bus, et on en reparle. Mais une petite voix me soufflait que son empathie était feinte et uniquement destinée à la galerie. Tout sonnait faux chez ce type.

La balade avait été écourtée. J'avais un peu gâché la fête mais personne ne semblait m'en tenir rigueur. Dans le bus, ça a été une surenchère d'attentions et de cadeaux. On m'apportait des chips, des gâteaux, du Coca, un sandwich. Tout le monde me choyait, me dorlotait, c'était inhabituel et délicieux. La présence des autres, là, dans ce bus, m'apportait le réconfort dont j'avais besoin. Juliette m'a tendu son châle, Tiens, ne prends pas froid avec la clim a-t-elle soufflé. Sa voix était douce. Elle me consolait. J'ai perçu le regard en biais de David au moment où elle se penchait pour me parler.

Ce jour-là, après mon malaise dans le désert, il y a eu comme un déclic dans ma tête. J'ai eu envie de sortir de ma posture de spectateur de ma vie et de celle des autres, je devais me mettre en mouvement, devenir un acteur, être là pour les autres aussi, et en l'occurrence aider Juliette, l'accompagner. Elle en aurait besoin car, à coup sûr, elle allait traverser des vents mauvais.

Vers 19 heures, on est arrivés à *Disneyland*.
Une fois sur le Strip, le groupe a reçu comme un électrochoc. Certains se sont précipités à l'avant du bus, les yeux bouffis, ils s'agitaient, orientaient leur smartphone en tous sens pour immortaliser les fameux hôtels-casinos, répliques ostentatoires de Venise, New York ou Paris. D'autres se dressaient au bord de leur siège, et collaient leur appareil contre la vitre en se contorsionnant pour arriver à capter la totalité des bâtiments.

J'ai eu du mal à réaliser, on avait basculé en l'espace d'un trajet dans une autre dimension. Le temps s'était compressé, on était passés du désert immobile au faste ostentatoire, du silence à l'agitation de la ville, de la méditation transcendantale au fric et aux paillettes.

Dans la rue, la foule se pressait sur les trottoirs, des bolides insonores montaient et descendaient l'avenue dans une lente procession. Les hôtels se succédaient, clinquants, toujours dans la surenchère. Le Flamingo, le Mirage, le Bellagio, dont Jane a précisé que le hall était décoré de milliers de fleurs fraîches, entretenues tous les jours.

Ronald a dit qu'on rentrait de plain-pied dans l'univers du toc et du faux-semblant mais malgré tout il y avait une telle démesure qu'on ne pouvait qu'être ébahi, séduit, sans voix. On était venus se frotter au rêve américain, on y était, et en dépit de tout ce qu'on avait vu, lu, entendu dire, on avait du mal à en croire nos yeux.

Je ne sais plus sur quoi mais Solange a fait une blague qui m'a fait rire. Je n'avais jamais discuté avec elle, la trouvant sans intérêt, mais elle pouvait être drôle. Il fallait décidément que j'arrête les jugements à l'emporte-pièce sur les gens, je me trompais une fois sur deux. Changer de focale. Les écouter vraiment, faire preuve d'humilité.
Jane, debout dans l'allée, a commenté.

— Las Vegas est la plus grande ville du Nevada. Une ville fondée par les Mormons en 1855, et créée ensuite de toutes pièces par les barons de la mafia. Vous le savez sûrement, la ville a été surnommée *Sin City,* puis *City without Clocks* car les casinos n'ont ni fenêtres ni horloges, pour ne pas distraire les joueurs. On arrive…

Le bus s'est garé devant le Main Street Station Hotel and Casino, à quelques blocs du Strip. L'hôtel ressemblait plus à un motel, et il avait probablement été construit en plusieurs étapes, à des années d'écart mais il y avait une piscine. Personne n'a bronché mais la déception était palpable. Jane nous a donné rendez-vous pour le dîner à 20 heures précises au restaurant, N'oubliez pas vos coupons. Have fun, guys !

— *Le Dahlia Noir* de James Ellroy, je reconnais la jaquette. Tu vas mieux ?

J'ai sursauté sur mon transat au bord de la piscine. Plongé dans ma lecture, je n'avais pas entendu Juliette approcher. Elle portait un short kaki et un t-shirt blanc.

— Oui ça va beaucoup mieux, une baisse de régime passagère. Le roman, c'est Ronald qui me l'a prêté justement, je l'ai presque fini. Et toi, ça va ?

— Oui, merci.

Elle comprenait le sens de ma question mais on a tacitement opté pour la légèreté.

— Tu lis des polars, ai-je demandé.

— Pas souvent. Je ne connais pas cet auteur mais tu me raconteras.

— Avec plaisir. Viens t'asseoir plutôt que de rester debout. Tu vas prendre racine.

Elle a tiré un transat vers le mien, ôté son t-shirt sur un maillot une pièce sobre et uni noir, qui claquait sur sa peau dorée.

— En parlant de racine, dis-moi quel genre de plante tu es, celle qui s'étale à la surface du sol ou celle qui s'enracine en profondeur pour chercher de l'eau ? Ah, je te teste pour savoir si tu as suivi le cours sur la faune et la flore de Dame Jane ce matin. J'ai l'impression que tu n'es pas toujours très attentif.

— Détrompe-toi, j'écoute les yeux fermés. Alors, pour répondre à ta question, je suis plutôt un mec des profondeurs, je ressasse en silence.

Elle a éclaté de rire.

— Ça ne m'étonne pas, j'avais cru comprendre.
Ses dents blanches, son cou gracile.
J'ai réprimé un frisson.

La brise nous faisait parvenir des odeurs de grillades dans la tiédeur du soir. Un couple de Français regardait, ébahi, le panneau indiquant que le jacuzzi était interdit aux seniors, On aura tout vu, a fait la femme scandalisée. Depuis le bar de l'hôtel, on entendait de la musique diffusée par une chaîne de clips en continu. De l'autre côté du bassin, Anaïs et Martin nous regardaient sans nous voir, préoccupés l'un et l'autre par les peurs et les désirs fougueux de l'adolescence. Anaïs portait une robe noire courte sur laquelle elle tirait en permanence. Lui avait posé son sac à dos entre ses jambes comme s'il se tenait prêt à décamper en cas d'urgence.

Le soleil glissait doucement. Le ciel était une toile orangée striée de traînées violettes, j'ai pensé à Monet. On est restés silencieux à guetter l'instant magique où le soleil allait disparaître, avalé par l'horizon.

— C'est chouette, non, a murmuré Juliette.
Ses yeux brillaient d'une tendre lueur.
C'est un peu plus tard, ce soir-là, dans l'ascenseur, qu'elle a déposé un baiser sur ma joue.
En sortant de la cabine, j'avais du gaz plein la tête.

Il était presque 21 heures quand c'est arrivé.

Assis au bord du lit, je regardais CNN. Au début, je n'ai pas bien compris ce qui se passait. Je voyais juste une image floutée et le commentateur expliquait qu'ils avaient décidé – la chaîne, le rédacteur en chef, les journalistes, on ne savait pas très bien – de ne pas diffuser une vidéo amateur qui circulait sur les réseaux sociaux. L'œuvre d'un touriste qui se serait trouvé sur les lieux du drame, et aurait filmé avec son portable. Il a précisé d'une voix monacale, C'est le choix de la rédaction, au nom du respect pour les victimes et leur famille.

Le Strip avait été bouclé à la circulation, et il était recommandé d'éviter le secteur suite à une attaque survenue dans la rue, tôt dans la matinée. Un homme avait été blessé par balle, et son assaillant tué par la police. La piste de l'attaque terroriste n'était pas écartée.

Un peu sonné, je suis redescendu dans le lobby où régnait une atmosphère de confusion. Les membres du personnel étaient assaillis de questions multiples auxquelles ils répondaient avec un sourire coincé, *There's nothing we can do about it.*

Les membres du groupe étaient agglutinés devant le téléviseur à écran plat, fixé au mur. La piste terroriste ayant été évoquée, les esprits s'échauffaient, certains vitupéraient sans relâche comme si la violence des échanges pouvait apporter une solution à un problème endémique, inscrit dans la culture américaine depuis des décennies.

— Décidément, le monde entier vit au rythme de ces sales terroristes, prêts à tout pour véhiculer leur idéologie de merde, a râlé Stéphane, mâchoires crispées.
Florence lui tapotait gentiment l'épaule.

— Ce n'est peut-être pas une attaque terroriste, on n'en sait rien pour l'instant. On n'en sait rien.
Ronald est, pour une fois, sorti de sa réserve habituelle.

— Il n'empêche, bravo la NRA. Il faut savoir qu'il y a plus d'armes à feu aux États-Unis que d'habitants, ça donne à réfléchir.
Stéphane a surenchéri en précisant qu'aucun président n'avait jamais eu le courage de s'atteler au sujet.
Puis, le silence est retombé, lourd de questions sans réponses.
Pas trace de Juliette.

Faute d'éléments nouveaux, les médias diffusaient en boucle les témoignages des passants ou des riverains. L'inquiétude médiatique, les témoignages en direct, les journalistes, tout cela m'a projeté en arrière et rappelé des jours sombres et des nuits plus noires encore.
Un riverain interviewé racontait la scène.

— Il portait un costume et une mallette comme s'il allait au travail. On a entendu des coups de feu, ça s'est passé en quelques secondes. Un policier est intervenu. Je me suis couché par terre, j'ai cru que j'allais mourir.

Dans l'après-midi, on a appris ce qui s'était réellement déroulé. Un homme, qui venait d'être licencié, avait guetté son patron devant les bureaux où il travaillait. Il avait fait feu sur lui à trois reprises. Un policier, en faction devant les bureaux, avait tué l'assaillant. La police avait définitivement écarté l'hypothèse d'un acte terroriste.

Le soir, avant le repas, j'ai croisé Stéphane dans le lobby. Assis dans un fauteuil, il lisait la presse locale.

— Ça va, vous allez mieux ?

— Oui, merci.

Il m'a passé l'exemplaire du journal qu'il venait de terminer.

— Tenez, lisez cette feuille de chou. La presse américaine est aussi superficielle que les tabloïds anglais.

The Vegas Chronicle titrait en lettres capitales : *Murder in Suit.* Ils avaient consacré un dossier de trois pages à l'attaque avec des photos du meurtrier tué par la police sur les lieux du drame. Il gisait tête contre le bitume dans une mare de sang, comme s'il avait voulu retourner à la terre.

J'ai eu un frisson en voyant qu'une de ses chaussures avait été projetée à cinq ou six mètres sur le trottoir. J'ai repensé à mes envies de meurtre. À l'obsession qui s'était emparée de mon esprit malade durant des jours, des mois. Sans l'excuser, je comprenais cet homme qui s'était laissé contaminer par la colère et le désir de vengeance. Il avait dû penser agir en justicier ou en héros.

— Vous êtes au courant du changement dans le programme des visites ?

— Pas du tout.

À cet instant, Jane est sortie de l'ascenseur. Elle nous a annoncé que nous avions quartier libre pour la dernière journée à Vegas et conseillé, étant donné les circonstances, de nous balader dans un centre commercial en bordure de ville. Elle pouvait nous donner des adresses. Si on voulait faire les visites des hôtels prévues dans le programme par nous-mêmes, on pouvait aller prendre des plans dans le lobby.

— Pour ma part, je renonce, désolée mais je ne me sens pas bien.

Puis, elle a fourni les informations pratiques sur le vol du surlendemain et comment nous allions rejoindre l'aéroport en Uber. Elle avait effectivement mauvaise mine. Sa voix était ralentie. Ses cheveux tombaient sur ses épaules, négligés et filasses, et ses yeux charbonneux donnaient l'impression qu'elle n'avait pas pris la peine de se démaquiller. Sa bouche sans rouge à lèvres semblait plonger vers le bas en un rictus amer.

— J'avoue que cette histoire m'angoisse totalement, a-t-elle articulé d'une voix pâteuse, si on ne peut plus se balader dans les rues d'une ville sans risquer de tomber sur un psychopathe… Bref, essayez de vous détendre, il y a un *rooftop* super sympa à deux blocs, au Golden Gate Hotel & Casino, avec vue panoramique sur la ville.

En pensant à Ronald, j'ai décidé de faire la balade dans Vegas en solitaire. J'ai pensé à cette phrase d'Oscar Wilde qui dit que la plupart des gens se contentent d'exister. Alors qu'il faut vivre. Vivre vite. J'ai réalisé que le souvenir de Lina était intact au fond de mon cœur et continuerait de m'accompagner mais que la vie m'appelait.

À l'aide du plan récupéré dans le lobby, j'ai organisé un périple pour voir quelques-uns des hôtels emblématiques. Devant l'entrée de l'hôtel, Robert et Christelle discutaient au milieu des fumeurs agglutinés autour de la poubelle.
J'ai pensé à Juliette que je n'avais toujours pas vue.
Une légère brume flottait sur le sommet des gratte-ciel, elle estompait les formes et noyait les frontons de verre dans un halo orange, un peu fantomatique.

J'ai attaqué par la Fremont Street Experience, une gigantesque arcade, où on peut voir se côtoyer sous le célèbre panneau *Fabulous Las Vegas* des enseignes à renommée internationale comme Ladurée et Calvin Klein et des stands de coques de portable en libre-service ou des boutiques de massage.
Je pensais à Juliette aux prises avec cet homme frustré et querelleur. Je le sentais incapable de se contrôler. Dangereux. Je pensais à la violence dans les couples.

Au Venetian Hotel, où les badauds, accrochés aux rambardes à colonnade, admiraient les gondoles qui glissaient le long de la reconstitution du célèbre Grand

Canal, tout était en miniature et bien plus encore. À Venise, les gondoliers ne portent plus de canotiers en paille ou de marinières mais l'Amérique sait faire vivre la tradition.

David n'aimait plus Juliette, ça se voyait. Autre chose était en jeu, sa fierté, son ego crucifié par la découverte insupportable qu'elle le repoussait. Une phrase qu'elle m'avait dite un jour m'est revenue alors qu'on essayait de définir en deux mots nos personnalités respectives.

— Sous mes airs bravaches, je suis trop gentille. Je me laisse trop faire. J'accepte, je passe toujours l'éponge en espérant que les choses vont s'arranger.

À l'époque, je n'avais pas compris la gravité de ses propos. Pas perçu le tremblement dans sa voix.

Je me laisse trop faire.

Que laissait-elle faire dans le secret des portes closes ?

J'ai continué sur Las Vegas Boulevard et vu apparaître la forme pyramidale du Luxor. Je regardais sans les voir les colonnes en faux marbre doré autour du fronton et les hiéroglyphes qui couraient sur tous les murs. Avant de pénétrer dans l'hôtel, j'ai vu dans une vitre se refléter la silhouette effilée et majestueuse de l'Excalibur, comme un diamant brut.

Des escalators géants menaient aux étages où des coursives filaient le long de boutiques, restaurants, salles de spectacle, casinos, dans un brouhaha de centre commercial. Je suivais le flot des touristes, l'esprit ailleurs. Dans un atrium, se tenait l'imposante statue du sphinx, judicieusement éclairé en contrebas, ce qui lui conférait une stature mystérieuse, presque inquiétante.

De retour sur le Strip, j'ai erré à l'ombre des buildings, ça moulinait dans ma tête. J'ai pensé à ce qu'une amie m'avait raconté de l'agressivité qui se jouait dans les couples à la dérive. Au milieu du clinquant, du faste et des néons, mon esprit s'est mis à imaginer la descente aux enfers.

David se laisse submerger par la colère, il monte dans les tours pour un rien mais il n'y peut rien, c'est de sa faute à elle, elle a le don de le pousser à bout. Il n'était pas comme ça avant elle. Après les mots, les cris, le dénigrement au quotidien, viennent les insultes, les scènes devant l'enfant, puis les gestes. Il la bouscule, lui flanque une gifle, prend son portable pour lire ses messages, cogne les murs, lui balance un livre à la figure. Une chaussure. Elle, perdue, accepte parce qu'elle ne sait pas quoi faire. À qui raconter ? La honte. L'erreur impossible à corriger. Au matin, elle minimise. Pas assez grave pour débarquer dans un commissariat, elle n'a même pas de bleus, il ne laisse pas de traces. Les policiers lui riraient au nez. Alors, elle abdique. Et puis, il s'excuse toujours après. Il sait y faire. Elle passe l'éponge. Se dit que ça doit faire partie des compromis dans un couple si on veut qu'il dure, elle tâche d'oublier.

Je suis passé devant Madame Tussauds, le plus grand musée de cire du monde. Mon esprit ressassait toujours. A-t-elle déjà pensé à consulter un avocat pour enclencher une procédure de divorce ? Dans ce genre d'histoires, le temps ne fait qu'accroître les tensions.

Sur une placette, j'ai croisé Josiane et Anaïs, assises sur les strapontins du Breathe02 Oxygen Bar. Devant elles, de petites machines, composées de trois verres remplis d'un liquide bleu, étaient reliées à des tuyaux qu'il suffisait de mettre dans sa bouche pour inspirer le Graal. Sur l'avant des appareils, cette injonction essentielle : *Breathe.*

— Vous avez bonne mine, Maxime mais vous devriez essayer quand même, a suggéré Josiane, ça va vous booster. Elle avait un visage réjoui, sans doute un peu high.

— Quatre-vingt-dix pour cent d'oxygène pur, a repris Anaïs, c'est healthy et ça vaut largement un pétard.

Sa mère n'a pas bronché.

Elles semblaient heureuses et réconciliées.

En regardant Anaïs, j'ai bizarrement pensé à mes élèves, la rentrée approchait. J'avais eu quelques idées au cours du voyage. Un projet se dessinait. J'allais tout reprendre. Je m'étais égaré mais je pouvais encore les surprendre. Je n'étais pas fini.

— Have a good time, guys, ai-je fait à Anaïs et Josiane, on se retrouve ce soir à l'hôtel.

J'étais pressé de rentrer pour chercher Juliette.

L'impression que le désir de vivre me revenait comme du sang neuf.

Le bar à cocktail panoramique du Golden Gate Hotel & Casino portait un nom qui invitait à la rêverie, le *Sky Lounge*. Il était assez tard dans la nuit. On s'est installés, Juliette et moi, côte à côte dans les fauteuils en cuir noir devant les baies vitrées. La ville s'étirait dans un lustre de lumières et de néons clignotants. Je lui ai raconté ma balade au pays de la démesure et des façades en stuc. Elle se taisait, j'ai insisté, elle a fini par avouer que son mari lui avait fait une scène horrible avant de se bourrer de Temesta et de se coucher.

— J'en peux plus, ça ne peut plus durer, a-t-elle avoué.

Nous avons parlé d'elle et du cul-de-sac dont elle devait sortir au plus vite. J'ai pris ses mains dans les miennes. Les mots sont venus tout seul. Elle a souri, rassurée et confiante. On a échangé nos numéros de téléphone.

Elle portait une longue robe à fleurs mauves et jaunes, décolletée. Ses seins, que j'imaginais doux et confortables comme des balles de plume, se soulevaient au rythme de sa respiration. Mouvement sensuel, envoûtant, hypnotique. Elle avait remonté ses cheveux en chignon, ce qui dégageait son cou et le faisait paraître encore plus fin et fragile.
Je la trouvais belle à tomber.

Les cocktails étaient explosifs. On a parlé cinéma, évoqué les films tournés à Las Vegas, ou dans le désert du Nevada, on a cité les répliques cultes du film *Casino* de Martin Scorsese, et en particulier celle de De Niro en off au tout début du film, juste avant que sa voiture n'explose.

On était électrisés, on parlait fort. Nos rires étaient fous. Vertigineux. Extravagants. Au point que le serveur est venu nous demander si tout allait bien. J'ai eu une seconde d'hésitation, et comme il était là, j'ai commandé du champagne pour fêter le retour en France.

— Bonne idée ! C'est dingue mais tu me donnes envie de revoir ce film que j'ai pourtant déjà vu plusieurs fois.

Elle avait des clochettes dans la voix.

— On pourrait le revoir ensemble ?

Elle a baissé les yeux en esquissant un sourire.

Nina Simone entonnait de sa voix grave, et dans un phrasé presque impeccable, la chanson de Jacques Brel, *Ne me quitte pas / Il faut oublier / Tout peut s'oublier / Qui s'enfuit déjà / Oublier le temps des malentendus / Et le temps perdu à savoir comment.*

Il était 4 heures du matin, et dans le ciel, par-delà les baies vitrées, se jouait un ballet d'étoiles sauvages dans une mer brune. Juliette a dit qu'elle devait rentrer. Elle a eu du mal à se hisser de la banquette, vacillé un peu. Je l'ai aidée à retrouver son équilibre. On s'est retrouvé face à face, l'espace d'une seconde. Elle m'a regardé droit dans les yeux.

Je me suis senti léviter.

Remerciements

Tout d'abord, je tiens à remercier ma famille et mes enfants. Un grand merci à mes amis Evelyne Luquet, Elisabeth Slamani, Jean-Louis Colas, Sylvie Bento et Christian Vieville, qui ont eu la gentillesse de lire mon roman embryonnaire.

Merci aussi à Claire Garand pour son expertise dans l'analyse de mon texte. Et enfin, un merci chaleureux à Pierre Ahnne, qui a cru en cette histoire et m'a engagée à persévérer.

Je n'oublie pas mes amies d'écriture, Claire Leservoisier, Carole Richaud, Ségolène Chailley, et Danièle Arthaud, pour leurs encouragements.

Enfin, un grand merci à mon éditrice, Sophie Rossier, pour son enthousiasme, son écoute et sa patience. Sans elle, rien n'aurait été rendu possible.

Tous nos titres et nouveautés sur
www.editionsfavre.com

numérique

Impression & brochage - France
Numéro d'impression : N00432230136 - Achevé d'imprimer : février 2023
Dépôt légal : février 2023

IMPRIM'VERT®

PEFC 10-31-3532